kremayr scheriau

Bettina Scheiflinger

Erbgut

Roman

Kremayr & Scheriau

Bei meiner Geburt jage ich meiner Mutter einen Schrecken ein. Niemand muss mich aus ihr herausholen, ich will von selbst heraus. Es ist sogar noch einige Wochen zu früh. Ich presse mein Gesicht durch den Geburtskanal. Augen voran komme ich zur Welt. Ich will ihr frontal begegnen, mich ihr entgegenstrecken und sofort sehen, was da ist. Mein Gesicht verzerrt sich dabei. Die Augen und der Mund werden in alle Richtungen gezogen. Beides öffne ich weit.

Meine Mutter denkt, etwas stimmt mit mir nicht.

Mein erster Atemzug ist lang und gierig. Dann beginne ich laut zu schreien.

»Du warst ein Wunschkind«, erzählt mir meine Mutter Jahre später das erste Mal. Danach wiederholt sie es an jedem meiner Geburtstage.

Ich bin das zweite Wunschkind meiner Eltern. Bei meiner Geburt ist meine Mutter schon über dreißig. Das gilt als späte Mutterschaft. Es sind die Achtziger. Meine Mutter strahlt als Wöchnerin. Sie ist so erleichtert. Sie murmelt: »Ein liebes Mädchen.«

Jetzt gibt es für sie nichts Wichtigeres mehr, als dass ich mich gesund entwickle, dass ich wachse, heirate, eine Familie gründe und immer sehr glücklich bin.

Meine Schwester Anna war vor mir da. Ich bleibe das letzte Kind meiner Eltern. Mein Vater wollte schon vor mir aufhören.

Johanna liegt auf dem Küchentisch. Das Kind will jetzt sofort aus ihr heraus. Es ist Krieg. Johanna hört die Flieger nicht, die in der Ferne am Himmel kreisen. Die Leute eilen zum Wirtshaus, steigen in Johannas Keller hinab. Es ist der größte im Dorf, die Menschen wollen beieinander sein.

Jetzt hört Johanna die Flieger. Sie sieht ihr Baby in den Händen der Hebamme liegen. Zwischen ihren Beinen spürt sie die Nabelschnur.

»Ein Bub, Johanna, es ist ein Bub!«

Die Hebamme hilft Johanna auf und vom Tisch herunter. Sie lenkt sie sanft, aber bestimmt zum Keller. Der Saum ihres Arbeitskleides klatscht Flecken von Blut und Schmiere auf Johannas Oberschenkel. Durch das Fenster im Gang erhascht sie einen Blick in den Garten. Unter dem Marillenbaum hat sie die Nachgeburten ihrer anderen Kinder vergraben. Der Baum ist kahl, er hat schon vor Monaten seine Blätter verloren. Johanna schaut in die Küche zurück. Die Nachgeburt dieses Babys liegt unter dem Tisch.

Im Keller ist es dunkel. Rund um Johannas Körper drängen sich andere Körper. Der Geruch von gelagerten Erdäpfeln, Zwiebeln und Schweiß steigt aus dem Lehmboden auf. Nervöses Quietschen ist von irgendwoher zu hören. Die Ratten hätte man schon vorher rausbringen und ersäufen sollen, denkt Johanna. Resi, ihre Nachbarin, drückt ihre Knie in Johannas Rücken. Johanna ruht ihren Kopf auf der Schulter ihrer Tochter Frieda aus. Inge, die Jüngere, sitzt auf Friedas Schoß. Die eingelegten Birnen schweben braun in den großen Einmachgläsern. Es ist nicht der erste Bombenalarm und nicht der letzte. Johannas Angst ist immer die gleiche.

Kurz bevor die Kellertür geschlossen wird, durchfährt es Johanna heiß. Sie springt auf und ruft: »Das Kind, wo ist mein Kind?« Sie hat ihr Neugeborenes oben in der Küche vergessen.

Sofia wiegt das in Tücher gewickelte Baby in ihren Armen. Sie sitzt aufrecht im Krankenhausbett und spürt eine Wärme auf ihren Wangen. Sie summt ihrer Tochter ein Lied ins Ohr, während sie aus dem Fenster auf die Churfirsten schaut. Der Chäserugg hat schon eine weiße Kappe.

Sofia hört in ihren Körper hinein, ganz vorsichtig versucht sie zu spüren, wie sich ihr Unterleib anfühlt. Sie ist erleichtert, das schreckliche Brennen ist wirklich ganz weg.

Emil war dem Medikament gegenüber skeptisch. Es sei ein ganz neues, hat der Doktor es angepriesen, Sofia könne sich glücklich schätzen, dieses Medikament zu bekommen. Sie war bereit, alles zu tun, was gegen die Blasenentzündung nach der Geburt hilft. Sofia ist dem Doktor dankbar.

»Mischlingskinder sind eben die schönsten«, hatte er ihr kurz nach der Geburt gesagt, als er das Neugeborene mit den vielen schwarzen Haaren in den Händen einer Krankenschwester sah.

Das Penicillin wirkte sogar noch schneller, als Sofia erwartet hatte.

»Kommst du heute heim?«, begrüßt Emil seine Frau.

Er setzt sich auf den Stuhl neben ihrem Bett und betrachtet sie und sein Baby. Sofia erfindet jeden Tag eine kleine Ausrede. Die Schwestern zwinkern ihr zu, wenn sie ihr das Essen auf dem Tablett servieren, das Baby holen und es trocken zurückbringen. Sofia schläft hier die ganze Nacht durch. Kein einziges Mal muss sie ihre Tochter selbst wickeln. Zu Hause kümmert sich ihre Mutter währenddessen um den Haushalt. Emil muss so lange auf der Couch schlafen.

»Was ich auch in die Finger nehme, nimmt sie mir gleich wieder weg und macht es selbst«, klagt Emil. »Nicht für Mann«, äfft er seine Schwiegermutter nach.

»Du übertreibst, Emil. Meine Mutter spricht ganz passabel Deutsch!«

»Und sie putzt noch mehr als du und ich muss die Schuhe vor der Wohnungstür ausziehen.«

Sofia legt das Baby in Emils Arme. Er schaukelt es sanft. Die Falten auf seiner Stirn glätten sich. Er spitzt seine Lippen und murmelt ihm einzelne Silben zu.

»Noch ein paar Tage und unsere Große spricht kein Deutsch mehr, wenn du heimkommst«, zischt er über den Kopf des Babys Sofia zu. Dann schaut er wieder lächelnd auf das Bündel in seinen Armen.

Er dreht eine Runde durch das Zimmer und lässt sich von den anderen Frauen in den Betten die Schönheit seiner Tochter bestätigen. Dann trägt er sie zum Fenster und benennt ihr alle Gipfel der Churfirsten.

Sofia schaut ihm mit halb geschlossenen Lidern zu. Emil setzt sich zu ihr auf die Bettkante, sie steckt ihre Arme unter die Decke. Emil drückt seine Tochter ein bisschen fester an seine Brust. Er lächelt sie an, streicht ihr mit einem Finger über die Stirn.

»Wie geht es dir?«

Sofia verzieht ihren Mund.

»Noch nicht so gut. Heute Nachmittag kommt der Doktor. Es tut noch immer weh, da unten. Du weißt schon –.« Sofia deutet mit ihrem Kinn irgendwo auf ihren Körper unter der dicken Krankenhausdecke. Emil schaut schnell weg.

»Was hältst du von Ursula?«, fragt er, den Blick wieder auf seine Tochter gerichtet.

Sofia schüttelt heftig den Kopf.

»Nein, nein. Ich weiß schon einen Namen!« Sofia strahlt. »Es ist nicht irgendein Name, Emil, es ist der richtige Name für unser Mädchen.« Emil schaut Sofia erwartungsvoll an.

»Flora!«, ruft Sofia, dass es alle im Zimmer hören können. Eine Frau hinter einem Vorhang kichert.

»Wie das Waschmittel? Vermisst du deine Waschküche schon so sehr, Sofia?«, ruft eine andere. Emil wird rot. Er legt Sofia das Baby auf den Bauch.

»Um Himmels willen. Was ist das denn für ein Name? Flora? Auf keinen Fall!«

»Ich habe letzte Nacht davon geträumt. Ich weiß nicht mehr genau, was. Aber der Name war einfach da, das ist kein Zufall.«

Emil dreht sich zum Fenster. Sofia schaut sehnsüchtig zur Tür, ob nicht bald eine der Schwestern kommt. Sie rutscht etwas tiefer in ihre Kissen. Ihr ist heiß und kalt am ganzen Körper. Kopfschüttelnd steht Emil auf. Dann blickt er Sofia in die Augen.

»Heulst du jetzt etwa deswegen?« Er flüstert, schüttelt den Kopf noch immer. Er fährt sich mit der Hand über die Augen und die Stirn, atmet laut ein und wieder aus.

Sofia denkt nach. Sie streicht ihrem Baby über das Köpfchen. Es hat schwarzes Haar und dunkle Augen, wie seine Schwester. Eine schlanke, aber etwas zu lange Nase. Die gleiche Nase wie ihr eigener Vater. Das Baby schmatzt leise.

»Rosa. Unsere Tochter soll Rosa heißen«, beschließt Sofia und küsst Rosa sanft auf die Stirn.

Ich bin dreißig und sitze am Esstisch im Haus meiner Eltern. Ich höre meine Mutter in der Küche hantieren. Schüsseln scheppern und Messer und Gabeln klackern, aus dem Radio dringt eine Männerstimme, dann Musik und dann der Wetterbericht. Nieselregen und Nebel. Ich fühle das Holz der Tischplatte unter meinen Händen und höre die Muttergeräusche. Ich will mit meiner Mutter sprechen, kaue an meinen Fingernägeln, warte auf das Ende des Schepperns und Klackerns, auf das Ende von Nieselregen und Nebel. Früher habe ich oft versucht, Abstand zwischen uns zu bringen. Ich gierte nach Luft zum Atmen.

Mein Vater ist ein höchst sentimentaler Mensch. Ich kenne niemanden mit einem weicheren Herzen. Er weint lautlos bei Dokumentarfilmen. Er gibt jedem Bettler etwas. Er hängt an Gegenständen aus seiner Vergangenheit. Unseren Esstisch hat er bei allen Umzügen in Luftpolsterfolie verpackt. Er schleift ihn regelmäßig ab, ölt ihn ein und bittet uns, Gläser nie ohne Untersetzer daraufzustellen. Er lässt uns sonst aber wirklich fast alles durchgehen. Wir waren keine folgsamen Kinder.

Ich fahre mit dem Zeigfinger den Wasserringen auf dem Holz nach. Es gibt immer eine Überschneidung, ich muss nie den Finger vom Holz heben und ihn zum nächsten Ring fliegen lassen. Meine Nägel sind abgekaut, aus mehreren Stellen sickern Tröpfchen von Blut, das sich in den Ritzen der offen liegenden Nagelbetten und rundherum sammelt und dunkel wird. Das Pochen und das Kreisen mit den Fingern lenken mich von den Wörtern ab, die in meinem Kopf zurechtgelegt warten.

Meine Mutter runzelt die Stirn, als sie aus der Küche um die Ecke biegt und meine malträtierten Finger über das Holz streichen sieht. Ich weiß, dass sie schon am Telefon ahnte, dass etwas mit mir los ist. Früher störte mich das, vor meiner Mutter so durchsichtig zu sein. Ich sitze am alten Holztisch, ziehe Wasserglaskreise mit pochenden Fingern, während aus der Küche das Wetter aus dem Radio schallt. Dann setzt sie sich neben mich.

Johanna packt das Baby in eine zusätzliche Decke. Es hat die Augen geschlossen und schläft. Arno ist ein braves Kind. Er öffnet die Augen nur, um nach Milch zu verlangen.

Auch ohne Franz schafft es Johanna, alles am Laufen zu halten, im Haus, im Stall und im Wirtshaus. Ihre Eltern helfen ihr so oft und gut sie können. Der Magd und dem Knecht hat sie heute freigegeben. Johanna hat die Säue im Morgengrauen gefüttert, die Eier im Hühnerstall eingesammelt.

Sie legt das Baby vor sich auf die Anrichte und blickt in den Spiegel. Sie zieht sich das Kopftuch zurecht, schiebt mit der flachen Hand ein paar widerspenstige Härchen unter den Stoff. Ohne den Blick von ihrem Spiegelbild zu lösen, ruft sie nach Frieda und Inge. Im oberen Stock poltert etwas. Die zwei Mädchen hüpfen die Treppe runter und rennen in den Hof.

»Inge, du bleibst hier!«, ruft ihnen Johanna nach.

Sie nickt sich im Spiegel zu, presst ihre Lippen zu einem dünnen Strich zusammen und nimmt das Baby hoch. Frieda wartet mit Inge an der Hand im Hof, löst den Griff der kleinen Schwester und nimmt ihrer Mutter das Baby ab. Johanna bückt sich zu Inge.

»Wir sind heute Abend zurück. Du bleibst bei Omama und Opapa heute. Sei schön artig.«

Inge nickt tapfer und trottet ins Haus zurück. Johannas

Eltern kümmern sich heute um die Jüngste und das Nötigste auf dem Hof.

Johanna geht zum Schuppen. Frieda wartet mit Arno auf dem Arm, während Johanna das Rad herausholt. Es ist schwer und der Schuppen klein. Johanna ächzt. Friedas Rad steht schon draußen, an die Hausmauer gelehnt. Die Tochter legt das weich eingepackte Baby in den Korb am Lenker von Johannas Rad. Diese Transportvorrichtung hat Johannas Vater gebastelt. Frieda hält das Rad, damit ihre Mutter leichter aufsteigen kann. Sie selbst sitzt flink auf und fährt voraus.

Einige Dörfer weiter machen sie eine kurze Pause zum Verschnaufen und trinken etwas Wasser aus einem Brunnen. Sie seien schon über die Hälfte der Strecke gefahren, erklärt Johanna ihrer Tochter. Es fehle nicht mehr ganz eine Stunde.

Sie betrachtet ihre Älteste stolz. Kein einziges Mal hat sie gejammert auf dem Weg. Johanna weiß, dass ihr die Schuhe zu klein geworden sind die letzten Monate und drücken, sie hat die Blasen an Friedas Zehen gesehen. Auch dass das Rad ihr eigentlich noch ein wenig zu groß ist und sie deshalb oft im Stehen in die Pedale tritt, bis ihre Oberschenkel brennen.

»Dein Vater wird sich freuen!« Johanna zwinkert ihrer Tochter zu.

»Meinst du, mit Inge geht alles gut daheim?«, fragt Frieda.

»Bestimmt.« Die Mutter schnalzt mit der Zunge. »Die Großeltern kümmern sich um sie. Ein Tag dauert nicht sehr lange.«

»Und Arno, geht es ihm auch gut da drin?«

Die beiden schauen in den Korb am Fahrrad. Der Junge ist die ganze Zeit wach und hat einige Male geweint. Jetzt schaut er erwartungsvoll und als Johanna ihm einen Finger in den Mund steckt, lächelt er.

»Findest du es nicht wichtig, deinen Vater zu besuchen? Sei froh, dass er sich vor den Russen verstecken konnte und bei den Briten gelandet ist. Erinnerst dich wohl gar nicht mehr an ihn.«

Johanna sieht, wie Frieda die Stirn runzelt und zu Boden schaut. Sie fahren schnell weiter. Johanna spürt ein schmerzhaftes Pochen in ihren Beinen und im Rücken von den Schlägen, die das Radeln über die unbefestigten Straßen durch ihren Körper schickt. Beim Gedanken an Franz verfliegen ihre Schmerzen.

Als sie ankommen, nimmt Johanna das Baby aus dem Korb und richtet Frieda mit einer Hand das Kleid und die Zöpfe. Frieda schiebt sich das Ende eines Zopfes in den Mund und kaut daran. Die Mutter klapst ihr auf die Finger und marschiert mit dem Kind auf dem Arm voraus.

Der Weg auf den Hügel ist steil. Frieda überholt Johanna bald. Nach ein paar Minuten schwitzt die Mutter und holt Frieda erst oben ein. Sie streckt schon ihre Arme aus und schwenkt sie so in der Luft, wie Johanna es ihr gestern gezeigt hat. Johanna stellt sich hinter ihre Tochter. Unten, am Fuß des Hügels, liegt das Gefangenenlager. In der Ferne sieht sie die Gebirgskette. Es liegt Schnee auf den Gipfeln. Sie fröstelt und drückt ihr Baby fest an sich.

»Wo ist Vati?« Frieda wird ungeduldig. Mit den Augen sucht die Mutter den Lagerhof nach Franz ab. Sie hat sie angekündigt, hat ihm letzte Woche geschrieben, dass sie heute mit den beiden Kindern herkommt. Er hat seinen Jüngsten noch nie gesehen.

»Wo ist Vati? Ist er da unten, Mutti, ich seh ihn nicht!«

Johanna wird nervös. Da erblickt sie ihren Mann. Sie weiß sofort, dass er es ist. Er sieht aus wie die anderen Männer. Sie erkennt ihn daran, dass er angestrengt zum Hügel hochblickt. Und daran, weil es ihr Franz ist. Sie reckt das Kinn. Dann hebt sie den freien Arm und winkt.

»Wo ist Vati, da ist Vati, ich seh Vati!«, ruft Frieda aufgeregt.

Johanna sieht die hagere Gestalt ihres Mannes das erste Mal seit Monaten. Er steht im Hof des Lagers, zwischen anderen Häftlingen. Langsam hebt er eine Hand, schirmt damit seine Augen gegen das Licht ab. Er hebt nun auch die andere Hand auf Schulterhöhe, bewegt sie hin und her. Johanna hält das Baby hoch, hält den kleinen Arno in die Luft, über ihren Kopf. »Dein kleiner Bub!«, ruft sie. Sie weiß, dass Franz sie nicht hören kann.

»Es ist ein Bub, er ist brav!« Jetzt schreit sie.

»Er trinkt viel. Er wächst schnell. Arno, er heißt Arno!« Die Stimme versagt ihr.

»Komm bald heim«, flüstert sie, als sie das Baby wieder an ihren Körper presst.

Sie stehen lange auf dem Hügel und winken nach unten. Franz lässt nach einiger Zeit seine winkende Hand kraftlos fallen, steht einfach da.

»Warum ist Vati im Gefängnis?«, fragt Frieda.

»Weil er im Krieg war.«

»Aber du hast gesagt, der Krieg ist aus. Warum ist Vati noch im Gefängnis?«

»Weil er bei den Falschen war.«

Auf der Rückfahrt machen sie keine Pause. Es ist schon dunkel, als sie auf dem Hof ankommen.

Morgens liegt Sofia wach im Bett und lauscht. Die Wohnungstür wird geöffnet und wieder geschlossen. Es ist noch dunkel draußen, ihr Vater hat diese Woche Frühschicht in der Fabrik. Kurz darauf hört sie die Tür ein zweites Mal aufgehen und sich schließen. Ihre Mutter verlässt das Haus immer erst, nachdem sie das Frühstücksgeschirr des Vaters aufgeräumt und die Küche blitzblank geputzt hat. Immer muss alles glänzen und strahlen in der Wohnung.

Sofia tastet ihren Körper unter der Decke ab. Sie hebt ihr Pyjamaoberteil und schiebt die Hände über ihren Bauch. Bis zur Hochzeit soll er noch so flach wie möglich bleiben. Es wäre sehr peinlich, wenn ihre Eltern etwas merken würden. Oder sonst jemand. Die warmen Hände auf dem Bauch dämpfen das Knurren ein wenig. Sie wird gleich in die Küche gehen, nimmt sie sich vor. Dort wird sie den Zettel ihrer Mutter lesen, darauf stehen genaue Instruktionen und Erklärungen zu Sofias heutigen Pflichten der Haus- und Handarbeiten.

Sofia wälzt sich. Sie dreht sich auf den Bauch und steckt ihren Kopf zwischen zwei Kissen. Das Geräusch der sich schließenden Wohnungstür hallt in ihrem Kopf nach. Kurz fühlt sie sich wieder wie das Kind, das sie war, dem ein erneuter Tag allein in der lautlosen Wohnung bevorsteht. Das Kind, das unter dem Bett spielt und dabei keinen Ton von sich gibt. Sofias ganzer Körper fühlt sich taub an bei der Erinnerung.

Sie wackelt mit den Zehenspitzen, spürt Wärme ihre Waden hinauf in ihren Oberkörper gleiten und zieht den Kopf zwischen den Kissen hervor. Sie schüttelt die Taubheit an Armen und Beinen ab und dreht am Radio auf ihrem Nachttisch, dreht es sehr laut auf. Das Rauschen in ihren Ohren verschwindet. Seit ein paar Monaten gibt es diesen Gedanken, der ihren ganzen Körper mit Kribbeln erfüllt.

Nach der Hochzeit wird sie zu Emil ziehen. Sofia schleicht zum Schrank, wie jeden Morgen seit einer Woche. Sie berührt den weißen Tüll, darunter die weiße Seide und darunter die weiße Baumwolle. Sie streichelt die weißen Plastikknöpfe. Sie wiegt ihren Körper zur lauten Musik aus dem Radio. Das wird der schönste Tag ihres Lebens. Ihr Bauch ist unterhalb des Nabels erst ein kleines bisschen gewölbt. Sofia zieht den Bauch ein und hält die Luft an. Mit dem Kleid in den Armen dreht sie sich zur Musik immer wieder um die eigene Achse. Abrupt hält sie inne. Ihre Mutter steht im Zimmer.

»Figlia mia! Was machst du hier für einen Zirkus? Hast du keinen Anstand!«, schleudert ihr die Mutter auf Italienisch entgegen.

»Du bist doch auf der Arbeit?«, stottert Sofia.

Die Mutter reißt das Hochzeitskleid aus Sofias Händen. Grob wirft sie es aufs Bett.

»Benimm dich wie eine Frau, Sofia! Bist ja schon eine.«

Der Blick, den ihr ihre Mutter zuwirft, lässt Sofia erschrecken.

Sie folgt ihr in die Küche.

»Was ist los, Mama, warum bist du nicht in der Fabrik?«

Die Mutter wendet sich ihr zu. Jetzt erst sieht Sofia ihre roten Augen. Die Mutter lässt sich auf den Küchenhocker plumpsen, kramt ein zerknülltes Taschentuch aus ihrem Ärmel. Tränen rinnen ihr über die Wangen.

»Ist etwas passiert? Wo ist Papa?«

Die Mutter schnieft und schüttelt den Kopf.

»Es ist Federico!«, ruft die Mutter und schluchzt.

»Federico wer? Wer ist das?«

»Dein Cousin natürlich. Er war im Krieg. Er ist tot, Sofia, einfach tot! Wir müssen trauern!«

Sofia fällt das Foto ein, das im Wohnzimmer zwischen

den vielen Familienbildern aus Italien steht. Kann sein, dass der junge Mann in der Militäruniform Federico ist. Sofia holt das Bild. Ihre Mutter nickt und weint weiter.

Sofia geht in ihr Zimmer zurück. Sorgfältig hängt sie das weiße Kleid wieder über den Kleiderbügel und hakt ihn vorne am Kleiderschrank ein. Sie streicht noch einmal über alle Lagen der Stoffe. Aus der Küche hört sie ihre Mutter schluchzen.

Der Tüll knistert zwischen ihren Fingern und die Seide fühlt sich so weich an. Sofia zieht sich bis auf die Unterwäsche aus und schlüpft in das Hochzeitskleid. Sie platziert ihren kleinen Spiegel auf dem Bett, sodass sie möglichst viel von ihrem Körper darin sehen kann. Sie dreht sich vor dem Spiegel und freut sich über die Bewegungen und Geräusche, die der Stoff dabei macht.

»Was soll das! Sofia!« Ihre Mutter steht wieder in der Tür. Sie hat sich umgezogen und trägt einen schwarzen Jupe und eine schwarze Bluse.

»Sollen die Leute denken, du hast keinen Anstand?«

Die Mutter reißt Sofia barsch an der Schulter herum und öffnet den Reißverschluss des Kleides am Rücken.

»Ausziehen!«

»Aber Mama, ich hab doch nur geschaut.«

»Nichts da!«

Die Mutter holt eine Tasche aus der Küche und stopft das weiße Kleid hinein. Sofia entfährt ein kleiner Schrei.

»Tradition ist Tradition!«

Zwei Wochen später tritt Sofia in Schwarz vor Gott, um sich von Emil zur Frau nehmen zu lassen. Die Tränen laufen ihr lautlos über das Gesicht. Sie trägt einen schwarzen Jupe und einen schwarzen Blazer. Sogar ihre Bluse darunter musste schwarz sein. Emil runzelt die Stirn, als ihm der Vater der

Braut die weinende Tochter anvertraut. Sofia glaubt, die ganze Kirchgemeinde aufatmen zu hören, als Emil bezeugt, sie zur Frau zu nehmen.

Rosa betrachtet sich zufrieden im Spiegel. Seit dem frühen Nachmittag sitzt sie mit ihrer Schwester im Badezimmer. Maria hat das Küchenradio der Mutter ins Bad geholt. Es läuft schon wieder ein Lied der Beatles.

»Los gehts!« Maria schaut auf die Uhr und dreht das Radio ab. »Worauf wartest du, die anderen sind bestimmt schon alle auf dem Maitanz.« Maria schaut Rosa erwartungsvoll an.

Rosa geht das erste Mal mit. Maria hat ihr Locken gedreht und falsche Wimpern aufgeklebt.

»Alle Mädchen putzen sich heraus für den Maitanz, Rosa«, hat Maria sie erinnert, als sie sie versehentlich mit dem Lockenstab am Ohrläppchen verbrannt hat. Rosa sitzt auf dem Wannenrand und schaut zu ihrer großen Schwester vor dem Spiegel auf. Maria raucht schon und Campari Orange ist ihr Lieblingsgetränk. Sie hat eine kleine Flasche Weißwein ins Bad geschmuggelt und Rosa trinkt ihren zweiten Schluck davon. Sie verzieht das Gesicht. Maria lacht sie aus.

Rosas dunkles Haar türmt sich auf ihrem Hinterkopf zu einem Berg Locken auf. Seitlich an ihrem Gesicht hängt jeweils eine Locke. Maria hat mit unzähligen Haarklammern auf ihrem Kopf hantiert. Sie stechen Rosa in die Kopfhaut.

»Stell dich nicht so an, das muss so sein!«

Maria muss es wissen, sie macht schließlich eine Lehre zur Coiffeuse. Sie lernt dabei auch Nägel lackieren und

Augenbrauen zupfen und sie kann perfekt Lidschatten auftragen.

Rosa steht auf, lächelt ihr Spiegelbild an, rotiert den Kopf nach links und rechts, lässt sich nicht aus den Augen. Maria hockt sich auf den Klodeckel und kneift ihr in den Hintern.

»Da ist ja kein Fleisch dran. Aber den Preis um den hübschesten Kopf würdest du heute wohl gewinnen«, sagt sie lachend und schüttelt ihre blondierten Haare, die sie stundenlang mit dem Glätteisen bearbeitet hat. Sie steht auf, wirft die brennende Zigarette in die Schüssel und spült. Sie bietet Rosa eine Zigarette an. Rosa presst die Lippen zusammen. Sie streicht über den hellroten Minirock, den ihr Maria ausgeliehen hat. Maria hat davor Rosas Kleiderschrank durchwühlt und laut geseufzt. Als Maria augenzwinkernd den Minirock aus ihrem eigenen Schrank gezogen und gesagt hat, dass ihr Freund den am liebsten an ihr sieht, ist sie rot geworden. Mit dem Gürtel sieht man kaum, dass das Kleidungsstück Rosa zu groß ist.

»Ich sollte noch kurz den ausgerissenen Saum hier flicken.« Rosa dreht sich zur Tür, Maria hält sie am Arm fest.

»Sieht wirklich keiner, lass, der ist schon lange kaputt.«

Rosa runzelt die Stirn. Sie oder ihre Mutter hätten das in wenigen Minuten erledigt.

»Du wirst so viel Spaß haben heute. Ich werde dich vor den Verehrern beschützen müssen!«, sagt Maria.

Rosa schaut sich noch einmal im Spiegel an. Sie senkt ihren Blick, als sie Hitze in ihren Wangen aufsteigen spürt.

Sie gehen in Marias Schlafzimmer und suchen sich jeweils ein Paar passende Schuhe aus. Schwarze Pumps mit einer applizierten Blume für Rosa. Maria entscheidet sich für die beigen Stiefeletten. Rosas Finger kribbeln, sie ist nervös, freut sich aufs Tanzen und auf alle Versprechen, die ihr Maria für den heutigen Abend gemacht hat. Verehrt, angeflirtet, eingeladen zu werden, zu tanzen und zu lachen, bis sie todmüde sind. Hoffentlich hat die große Schwester mit der Hälfte ihrer Versprechen recht, dann wird es schon ein toller Abend, denkt sie sich.

Die Schwestern nehmen ihre Handtaschen und Jäckchen. Als sie an der Küche vorbeikommen, winkt Rosa ihrer Mutter zu. Die Mutter steht mit einem Messer in der Hand zwischen Lavabo und Esstisch. Sie legt es ab und geht ein paar Schritte auf ihre Töchter zu.

»So wunderschöne Töchter habe ich. Jetzt sind sie beide erwachsen. Unglaublich«, sagt Sofia und tätschelt Rosas Schulter.

Rosa küsst ihre Mutter auf die Wange.

»Du gehst also wirklich mit, Rosa?«

»Mama, keine Sorge, ich bin früh zurück.«

Maria steht schon in der Tür, mit einem Fuß draußen, mit dem anderen wippt sie ungeduldig. Rosa schaut zwischen ihrer Mutter und ihrer Schwester hin und her. Sofia geht ins Wohnzimmer, lässt sich auf die Couch sinken.

»Geht, Mädchen, geht euch amüsieren!«, ruft sie und wedelt ihre Töchter mit der Hand weg.

Rosa und Maria verlassen die Wohnung. Auf dem zweiten Treppenabsatz kehrt Rosa um. Das Parfüm hat sie sich bis zuletzt aufgespart, jetzt hat sie es vergessen.

Sie geht zurück in die Wohnung. Die Mutter sitzt noch immer auf der Couch und starrt in die Luft. Als sie die Tür hört, dreht sie sich um und ihr Gesicht erhellt sich beim Anblick ihrer jüngsten Tochter. Rosa sieht ihre wässrigen Augen und die Falten darum herum.

»Mama?«

»Geh nur, Rosa, geh zum Maitanz!« Ihre Mutter schnieft.

Rosa setzt sich zu ihr auf die Couch. Sie streicht ihr über die Wange und lächelt sie an. Dann nimmt Rosa die Fernbedienung vom Couchtisch, lehnt sich zurück, streift ihre Pumps ab und stellt das Samstagabendprogramm ein.

Ich wache auf und bleibe bewegungslos liegen. Ich höre den Geräuschen zu, die meine Eltern im unteren Stock in der Küche und im Wohnzimmer machen. In ein paar Tagen werde ich neunzehn. Es wird mein erster Geburtstag ohne Nonna sein. »Rosa, wir müssen bald los«, höre ich meinen Vater rufen.

Ich sehe das schwarze Kleid. Meine Mutter hat es gestern gebügelt und an die Schranktür gehängt. Sie hat mir auch schwarze Strumpfhosen dazugelegt. Es mache nichts, dass ich keine schwarze Jacke habe, hat sie gesagt. So genau werde es niemand nehmen.

Ich schließe die Augen und lasse zu, dass meine Gedanken zu Nonna wandern. Das letzte Mal, als ich sie gesehen habe, war sie schnell müde. Wir haben nur kurz Karten gespielt. Ich habe ihr einen neuen Nagellack mitgebracht, den wollte sie sofort ausprobieren. Wahrscheinlich hatte sie ihn noch auf den Fingernägeln, als sie gestorben ist. Meine Mutter war in dem Moment bei ihr.

Jetzt ruft sie nach mir. Ich gehe im Schlafanzug nach unten. Sie sitzt am Küchentisch, ich setze mich neben sie. Sie schiebt mir einen Teller und ein Messer hin, zeigt auf das Brot auf dem Tisch.

»Butter und Käse sind im Kühlschrank. Soll ich dir etwas holen?«

Ich schüttle den Kopf.

»Anna wartet schon draußen. Gleich fahren wir gemeinsam zum Friedhof. Maria treffen wir dann dort.«

Ich schaue zum Fenster raus, sehe meine Schwester neben ihrem Auto stehen und auf ihrem Handy tippen. Sie trägt signalroten Lippenstift.

Meine Mutter räumt das Geschirr in die Spülmaschine. Es ist alles viel zu geschäftig, viel zu laut. Ich lege die Hände über meine Ohren und stütze die Ellenbogen auf die Tischplatte. Meine Mutter streicht mir über den Kopf.

»Das gehört dazu.«

Sie legt mir ein Stück Brot auf den Teller. Ich löse meine Hände von den Ohren und bohre einen Finger in das Innere des Brotstücks. Ich löse das Weiche heraus und stecke es mir in den Mund.

»Hat Nonna noch den hellroten Nagellack drauf?«

Ich erhalte keine Antwort. Hinter mir geht der Küchenlärm weiter. Ich drehe mich um, fasse meine Mutter am Arm.

»Hat sie noch den hellroten Nagellack drauf?«

Sie schaut mich verwundert an.

»Ich weiß nicht. Darum kümmern sich die Leute vom Bestattungsinstitut.«

»Den hatte ich ihr mitgebracht.« Ich bohre wieder im Brot.

Meine Mutter lässt das Geschirrtuch sinken. Sie hängt es über den Rand der Spüle, seufzt. Dann setzt sie sich mir gegenüber, schaut mich an und beginnt zu weinen. Ich lege meine Hand auf die Tischplatte. Sie legt ihre Hand auf meine und ich drücke fest zu. Sie hört auf zu weinen, erwidert meinen Händedruck und lächelt.

»Weißt du, ich glaube, ich habe mich erst jetzt von meiner Mutter abgenabelt.«

Rosa kratzt gedankenverloren die Kruste von einem schon mal aufgekratzten Mückenstich an ihrer Wade ab. Es beginnt zu bluten, sie steckt sich den Finger in den Mund, saugt ihn sauber. Sie drückt den Finger auf die kleine Wunde, lehnt sich zurück. Sie sitzt in einer längs halbierten Badewanne im Garten der Eltern. Ihr Vater fand es originell, die alte Wanne rauszustellen und als Sitzgelegenheit umzufunktionieren. Ihre Mutter hat selbst genähte Kissen reingelegt und ist mit dem Vater lachend Probe gesessen.

Der Garten gehört zu dem Haus, in dem Rosa mit ihren Eltern und ihrer Schwester eine Wohnung bewohnt, in den beiden anderen Wohnungen leben ihre Onkel, Tanten, Cousins und Cousinen.

Fast alle Familienmitglieder sind bei dem Fest dabei. Rosa lässt den Blick über sie und die Gäste schweifen. Auf dem Tisch stehen bauchige Schüsseln mit Kartoffelsalat, grünem Salat und Pasta, kleine Schälchen mit Saucen, eine große Platte Knoblauchbrot und am Ende des Tisches verschiedene Kuchen. Bis vor einer Stunde standen Rosa und ihre Mutter zusammen in der Küche. Schon seit dem Vormittag läuft im Garten das Radio und der Vater steht am Grill. Er dreht die Würste und die fettigen Schweinsplätzli. Rosa wird vielleicht ein paar Bissen von einer Bratwurst und ein wenig Salat probieren, überlegt sie sich. Ihre Mutter wird ihr einen gefüllten Teller nach dem anderen hinhalten und etwas über ihre zu dünnen Beine sagen. Rosa beobachtet die Mutter, die unzählige Male den Tisch und den Grill umrundet, ins Haus hastet und in den Garten zurückkommt. Sie hat rote Wangen und lacht.

Maria sitzt mit ein paar Freundinnen an einem langen Tisch neben den Haselnusssträuchern. Auch einige junge Männer sind dabei. Alle rauchen. Die Filter der Zigaretten der Frauen tragen rote Ringe. Die Unterhaltung ist laut, mehrere Gäste gestikulieren wild. Unterbrochen werden die Diskussionen von lautem Gelächter. Rosa beobachtet, zählt die Gläser Wein, die sie trinken, und die Zigaretten, die sie rauchen.

Ihr Vater reicht der Mutter ein gefülltes Weinglas und endlich setzt sie sich und lässt sich feiern.

»Tanti auguri a te«, schallt es aus allen Mündern. Ihre Mutter schaut von Gesicht zu Gesicht. Als das Lied zu Ende ist, nimmt sie lachend einen großen Schluck Wein. Rosa singt und applaudiert mit den anderen. Sie hebt ihr Glas in die Luft, ruft: »Auguri, Mama!«

Als alle trinken, schüttet Rosa den Inhalt ihres Glases unauffällig ins Gras. Sie sieht den Nachbarn den Garten betreten.

»Maria, dein Verehrer kommt!«, ruft er.

Die ganze Gruppe lacht.

»Beeil dich lieber und bring Wein mit!«, ruft eine Freundin von Maria zurück.

Hinter dem Nachbarn geht ein zweiter Mann, in jeder Hand trägt er eine Flasche Wein. Er grinst und schaut sich neugierig um. Rosa hat ihn noch nie gesehen. Er ist schlank, trägt Seitenscheitel und Schlaghose. Auf seiner Oberlippe prangt ein buschiger Schnauz. Er folgt dem Nachbarn bis an den Tisch der jungen Leute. Dort stellt er die zwei Flaschen ab, zündet sich eine Zigarette an und wird vom Nachbarn vorgestellt. Ein Österreicher auf Montage, schnappt Rosa auf. Der Rest geht zwischen Radio und Gelächter unter.

Hier im Dorf gibt es eine große Fabrik. Der Nachbar, ihr Vater, ihre Onkel und Tanten und auch die Mutter arbeiten dort, bestimmt auch der Fremde, denkt Rosa. Sie kennt wenige Leute, die nicht dort arbeiten. Regelmäßig kommen ausländische Facharbeiter für ein paar Wochen ins Dorf. Rosa hat schon einige von ihnen kennengelernt. Manchmal tun die Männer ihrem Vater leid, weil sie hier niemanden kennen, und er lädt sie zum Abendessen zu ihnen nach Hause ein. Wenn sie wieder in ihre Herkunftsländer zurückgehen oder an den nächsten Ort zur Montage weiterziehen, hört keiner mehr etwas von ihnen.

Der Nachbar setzt sich zu Maria an den Tisch. Der Fremde gesellt sich zu Rosas Vater am Grill, schwatzt ein paar Minuten mit ihm. Rosas Mutter drückt ihm einen leeren Teller in die Hand und schöpft aus jeder Schüssel etwas darauf. Zuoberst legt der Vater ein Stück Fleisch. Der fremde Mann steht mit einer Flasche Bier in der einen Hand und einem überfüllten Teller in der anderen zwischen Grill und halber Badewanne. Alle Sitzplätze sind besetzt. Er schaut sich um. Umständlich beginnt er sich zu bücken, um das Bier auf dem Boden abzustellen. Sein Blick trifft auf Rosa. Sie wird rot, senkt den Blick auf ihre Knie. Sie rutscht etwas zur Seite, atmet tief ein und hebt ihren Blick. Sie lächelt und nickt. Der Mann mit dem Schnauz hockt sich neben sie in die Badewanne.

»Du musst Rosa sein. Marias Schwester.«

Rosa bringt kein Wort heraus.

»Arno«, sagt der Mann. Sein Schnauz wackelt bei jedem Wort.

Rosa schaut ihm dabei zu, wie er den ganzen Teller leer isst und das Bier dazu trinkt.

»Mmh, wirklich ausgesprochen gut!«, sagt Arno zu jeder Speise. Rosa stören Arnos Übertreibungen nicht. Zuletzt steht er auf und holt einen Teller mit einem großen Stück Kuchen und zwei Gabeln. Er schiebt Rosa den Teller hin und drückt ihr eine Gabel in die Hand. Rosa schüttelt den Kopf.

»Ich habe schon von allen Kuchen genug probiert.«

Arno steckt sich ein Stück in den Mund. Er schluckt, macht große Augen und nickt anerkennend. Er zieht den Teller etwas näher zu sich. Rosa nimmt ihm die zweite Gabel aus der Hand und sticht sich einen großen Bissen vom Kuchen ab, nimmt ihn in den Mund und kaut. In Arnos Schnauz hängen noch ein paar Krümel. Rosa rückt näher zu ihm, entfernt sie mit zwei Fingern. Arno streicht Rosa eine Haarsträhne aus dem Gesicht. Zu zweit verspeisen sie den Kuchen und lehnen sich dann in der Badewanne zurück.

Ich bin achtundzwanzig und fahre ins Krankenhaus, um meine Mutter bei der Chemotherapie zu besuchen. Sie liegt in einem der Behandlungsräume mit sechs anderen Frauen. Die Türen sind weit geöffnet. Meine Mutter schaut immer wieder mit gerunzelter Stirn zur offenen Tür. Dauernd betritt jemand den Raum und besucht eine der Frauen, redet und lacht mit ihr. Manche werden uns vorgestellt, Kinder, Ehepartner, Arbeitskolleginnen. Meine Mutter und ich grüßen, dann schweigen wir. Außer mir, Anna und Papa weiß niemand von ihrer Krankheit.

Meine Mutter muss erst wöchentlich zur Therapie, dann täglich, danach wird sie operiert. Sie spricht nicht über ihre Angst und die Schmerzen, beginnt in unerwarteten Momenten doch zu erzählen. Sie fasst meine Hand und schärft mir ein: »Du musst das jetzt alles verdrängen.«

Die Behandlung dauert mehrere Stunden. Gesunde Frauen in weißen Kitteln bringen Kaffee und Mineralwasser. Sie dürfen sich frei bewegen. Die anderen tragen Hauben aus dickem Plastik auf dem Kopf, die über Schläuche mit Geräten verbunden sind, und in ihren Armen stecken Infusionen. Die Haube ist freiwillig, sie kühlt die Kopfhaut, so fallen weniger Haare aus. Meine Mutter bekommt Kopfschmerzen davon, trägt sie aber trotzdem. Alle Frauen hier im Raum tragen die Haube. Sie sind für ein paar Stunden mit den Schläuchen und Infusionen an ihre Liegen gefesselt.

»Mach ein Foto!«, fordert mich meine Mutter auf.

Ich zögere.

»So eins von uns beiden, mit deinem Handy«, sagt sie.

»Ein Selfie meinst du?«

Sie nickt eifrig und verschiebt die Kühlhaube auf ihrem Kopf etwas. Ich krame in meiner Tasche nach meinem Smartphone und lehne mich zu ihr auf die Liege. Mein Ohr berührt ihre Haube. Ich halte meinen Arm in die Luft, richte die Kamera aus und drücke auf den Auslöser. Ich setze mich ins Wartezimmer und schaue das Foto erst dort an. Meine Mutter lächelt darauf.

Als sie fertig ist, winkt sie mir aus dem Gang zu. Wir fahren mit dem Zug nach Hause. Kurz bevor wir aussteigen müssen, drückt sie meine Hand.

»Es tut mir leid. Es ist meine Schuld.«

Ich schaue sie fragend an.

»Die Krankheit, sie kommt bei mir von den Genen. Du kannst sie durch mich bekommen, weil ich sie habe.«

Sie schaut an mir vorbei aus dem Fenster. Der Zug hält und ich stehe auf. Ich nehme meine Handtasche. Sie schaut noch immer aus dem Fenster. Ich fasse sie am Arm und wir steigen aus. Sie läuft ein paar Schritte vor mir. Ich hole auf und halte sie an der Schulter fest.

»Ich habe doch auch noch Papas Gene«, sage ich in ihren Nacken. Sie dreht sich um. Wir stehen mitten auf dem Trottoir, rechts und links von uns drängen Menschen vorbei.

»Wenn du es hast, dann musst du dir die Eierstöcke und Brüste entfernen lassen«, flüstert sie, in ihrem Blick erkenne ich Panik.

Jemand rempelt sie an und sie stolpert auf mich zu.

»Wer hat das gesagt? Die Onkologin?«

Sie schüttelt den Kopf. Ich rüttle sie sanft am Arm.

»Woher hast du das?«

»Eine der Frauen hat es gesagt. Und eine andere auch.«

Ich seufze, hake mich bei meiner Mutter ein und wir gehen nach Hause.

Arno spürt einen harten Schlag gegen sein Knie unter der Tischplatte. Kurt, der rechts neben ihm sitzt, war es. Er zeigt Arno ein Heft, das auf seinen Knien liegt. Ein riesiger Fluss ist auf mehreren Seiten abgebildet. Türkis und wendig durchzieht das Wasser eine riesige Stadt. Die Augen der Buben glänzen beim Anblick dieser unbekannten Schönheit, dem Bosporus. Der größte Ort, den Arno bisher gesehen hat, ist drei Kilometer vom Hof seiner Eltern entfernt. Hier, wo die Schule steht.

Der Lehrer sieht, dass Kurt und Arno etwas unter der Schulbank verstecken. Er stellt sich hinter die beiden und entreißt Kurt das Heft. Die Buben schrecken aus ihrer Faszination für den Bosporus auf. Arno wird rot. Die Sommersprossen glühen auf seinen Wangen vor Scham. Er starrt auf seine Knie, die aus den kurzen Hosen ragen. Es juckt ihn in der Kniekehle. Er traut sich nicht zu kratzen. Der Lehrer zerreißt das Heft vor den Augen der ganzen Klasse. Das dünne Papier flattert über den Kinderköpfen. Jetzt wird Kurt rot. Seine Ohren leuchten, die Wut wandert ihm über das Gesicht bis hoch zum Scheitel. Arno sieht, wie Kurts Lippen ganz dünn und weiß werden vom Aufeinanderpressen. Auf seiner Stirn bilden sich Schweißperlen. So unauffällig wie möglich reibt Arno seine Kniekehle am Stuhl.

Kurt tobt auf dem ganzen Heimweg. Drei Kilometer Wut. Er habe das Heft von seinem älteren Bruder gestohlen, erzählt er Arno. Sein Bruder habe viele Zeitschriften. Die von den Flüssen und Bergen und Tieren lägen auf seinem Tisch. Die anderen verstecke er unter der Matratze. Heute Abend werde der Bruder Kurt verdreschen wegen des Heftes.

»Es ist nicht wegen dem Verdroschenwerden«, sagt Kurt.

Arno hat die blauen Flecke auf Kurts Körper schon gesehen. Er weiß, dass ihm der Bruder jeden Tag mindestens eine Watschen gibt, ihn an den Haaren zieht oder in den Rücken stößt. Der Bruder sagt, Kurt sei faul und ein Nichtsnutz.

»Aber das Heft, das Heft ist verloren, Arno!«, jammert Kurt. »Alle Bilder weg, der schöne Fluss! Den sehen wir jetzt nie wieder.«

»Wohl! Wenn ich groß bin, fahre ich in diese Stadt! Dort werde ich jeden Tag den Fluss anschauen. Und noch viel besser, ich werde hineinspucken. In den Bosporus spucken werde ich, Kurt!«

Auf dem Hof angekommen geht Arno direkt in den Speisesaal des Wirtshauses. Die Bilder vom Fluss folgen ihm. Die Mutter putzt die Tische. Sie sieht sofort an Arnos Sommersprossen, dass etwas passiert ist. Sie braucht alles Mögliche, nur nicht noch mehr Probleme. Arno erzählt keinem von dem Versprechen, das er Kurt gegeben hat. Die Mutter schickt Arno, die Kühe zu hüten.

Sofia schließt die Wohnung auf. Sie lässt die Tür hinter sich ins Schloss fallen und setzt sich in die Küche. Sie riecht das Frittierfett in ihren Haaren, die Haut an ihren Händen ist rissig vom vielen Abwaschen im Restaurant. Der Zigarettenrauch ist kaum aus ihrer weißen Bluse zu bekommen. Sofia ekelt sich vor sich selbst, wenn sie von der Arbeit nach Hause kommt. Sie löst die Klammern aus ihrem Haarknoten und fährt sich mit den Fingern ein paar Mal durch die Haare.

Sie geht ins Treppenhaus und von dort in die Waschkammer, wo sie sich entkleidet. Hier gibt es ein Lavabo, heißes Wasser und einen Spiegel. Bevor Emil heimkommt, will sie diesen Geruch loswerden. Sofia dreht das Wasser heiß auf, versenkt den Waschlappen darin.

Es ist schon dunkel draußen. Sie sieht ihre Umrisse, die sich in der Fensterscheibe spiegeln. Schnell zieht sie den Vorhang zu. Sie schaut an sich herunter. Sie mochte ihren großen Busen nie. Seit sie verheiratet ist, passiert es nicht mehr so oft. Trotzdem erinnert sie sich an jeden Spruch, den ein Gast jemals über ihren Busen oder ihren Hintern gemacht hat. Jedes Mal hat sie mit zusammengebissenen Zähnen gelächelt und ist freundlich geblieben.

Meistens wird ihr Körper auf ihre Herkunft zurückgeführt. Dabei kennt Sofia viele Schweizerinnen, die einen ebenso großen Busen haben wie sie. Und einige ihrer italienischen Freundinnen haben einen kleinen Busen. So einen, wie Sofia ihn gerne hätte. Sie stellt sich vor, wie sie mit einem schmalen Körper und flacher Brust im Restaurant arbeiten, wie ihr Chef ihr in die Augen schauen würde.

Sofia öffnet den Vorhang wieder einen Spalt. Sie sieht die Hälfte ihres Körpers, legt sich eine Hand auf den Bauch. Sie wird bald ein Kind bekommen. Eines, das dann hier aufwächst, Dialekt ohne Akzent spricht und ganz und gar schweizerisch sein wird. Es wird sich nicht fremd fühlen. Es wird hierhergehören. Ihr Kind wird das Wort »Saisons« mit den Jahreszeiten in Verbindung bringen, mit dem Wechsel zwischen Winter und Sommer. Nicht mit dem Aufenthaltsstatus in den Papieren.

Dicker Dampf schlägt Sofia ins Gesicht. Die Scheibe beschlägt, Sofias gespiegelter Halbkörper verschwindet unter einem Film nasser Luft. Sie zieht den Vorhang ganz zu und reibt sich mit dem Waschlappen ab.

Johanna legt sich die Strickjacke über die Schultern. Leise verlässt sie das Schlafzimmer. Franz schnarcht, Rexi schläft eingerollt neben seinem Bett. Sie wird ihren Mann heute Abend in sein Gartenhäuschen schicken für die Nacht, nimmt sich Johanna vor, sie hat kaum ein Auge zugetan. In der Küche setzt sie sich an den Esstisch. Frieda schenkt ihr einen Kaffee ein.

»Trink in Ruhe, Mutti, die Hühner sind schon gefüttert und die Erdäpfel fürs Mittagessen hab ich vorbereitet.«

Johanna lächelt ihre Tochter an. Sie ist stolz, dass ihre eigene Tüchtigkeit auf Frieda übergegangen ist.

»Gleich geh ich Arno wecken, der soll nicht schon wieder zu spät zur Schule kommen.«

»Frieda, du hast die Milch vergessen.«

Frieda hält ihrer Mutter ein Kännchen hin.

»Ich glaube, sie ist nicht mehr gut, riech mal.«

Johanna schnuppert an der Flüssigkeit.

»Was hast du, riecht normal. Gieß mir ein davon.«

Frieda zuckt mit den Schultern und gibt einen großen Schluck Milch in den Kaffee ihrer Mutter.

»Siehst du, so schnell geht keine Milch kaputt.« Johanna trinkt ihren Kaffee langsam und reibt sich die Augen.

»Hast wohl recht, Mutti. Ich fand vorhin, dass sie komisch riecht.«

Frieda wendet sich zur Tür.

»Jetzt ist es aber allerhöchste Zeit für den Arno!«

Friedas Schuhe klackern auf dem Holzboden. Johanna hört, wie ihre Schritte im Gang plötzlich verstummen. Ein paar Sekunden später entfernt sich das Klackern nicht die Treppe hoch, sondern aus dem Haus hinaus. Johanna runzelt die Stirn und horcht, aber von draußen dringen keine Schritte mehr in die Küche. Ein paar Minuten später nähern sich Friedas Schritte wieder. Sie geht den Gang hinunter zur Treppe, die zu den Schlafzimmern der Kinder führt.

Johanna tritt aus der Küche. Als Frieda sie sieht, bleibt sie abrupt stehen. Frieda ist bleich. Hastig wischt sie sich mit dem Stofftaschentuch über den Mund.

»Was ist los, bist du krank?«

Johanna legt ihr eine Hand auf die Stirn.

»Es ist nichts, Mutti.«

»Fein. Geh und hol den Arno jetzt. Dann frühstückt ihr. Wenn der Fleischhauer kommt, nimmst du alles entgegen, der sollte gleich hier sein. Vati hat gestern ein junges Reh geschossen.«

»Der Fleischhauer?« Friedas Stimme ist tonlos.

»Ja, was fragst du so, dalli jetzt!«

Johanna hört das Hupen des Fleischhauers und wie er in die Hofeinfahrt biegt. Sie steht bis zu den Knien im Gras hinter dem Saustall und versucht, dem Gewächs mit der Sense beizukommen. Die Sonne steht noch nicht hoch. Johanna laufen Schweißtropfen über die Stirn. Der Fleischhauer hupt noch einmal. Autotüren werden geöffnet und zugeknallt. Der Fleischhauer ruft nach ihr. Sie schüttelt den Kopf und hebt die Sense hoch. Frieda folgt doch sonst immer ihren Anweisungen. Sie hat gesehen, wie Arno vorher auf die Straße gerannt ist, sich mit seinem Ranzen auf dem Rücken auf den Weg zur Schule gemacht hat.

»Johanna!«, ruft der Fleischhauer. Diesmal lauter.

Johanna fährt mit der Sense ins Gras, immer wieder. Die abgeschnittenen Halme fallen auf die Stoppeln der Wiese. Der Fleischhauer hupt erneut, dann geht der Motor an. Sie wirft die Sense ins Gras, beißt die Zähne zusammen.

»Warte, bin ja schon da. Wolltest einfach wieder gehen?« Johanna ruft es dem Fleischhauer von der anderen Seite des Hofes zu.

»Ja wo bleibst du denn, meinst du, dein Hof ist mein einziger Auftrag heute?«

Der Fleischhauer lädt die Stücke vom Reh in einer Kiste aus.

»Trags rein! Ist schon Zahltag?«

Der Fleischhauer macht seinem Sohn ein Zeichen. Der Bursche hat sich hinter dem Auto in eine schattige Ecke gestellt. Johanna hatte ihn gar nicht gesehen. Der junge Mann, nur wenig älter als Frieda, schätzt Johanna, packt die Kiste und trägt sie in die Küche.

»Ich schreibs auf, Johanna, wie immer. Nächste Woche reicht. Hast ja noch nie nicht gezahlt.«

Der Fleischhauer geht einen Schritt auf Johanna zu.

»Wo ist denn das Frau Töchterlein?«

Johanna zuckt die Schultern.

»Wozu musst das wissen?« Johanna zieht ihre Augen zu Schlitzen zusammen.

»Der Bub war garstig heute. Wollte nicht mitkommen. Erst, als er gesehen hat, dass dein Hof auf der Runde ist, hat er sich überreden lassen.« Der Fleischhauer zwinkert Johanna zu.

»Und das hat wohl nichts damit zu tun, dass du ihm

als Bub manchmal Schokolade gegeben hast.« Der Fleischhauer lacht laut.

»Werden schnell erwachsen, die Balgen. Pfiati, vergiss mir die Würste nicht nächste Woche!«

Kaum ist das Auto des Fleischhauers verschwunden, steht Frieda mitten auf dem Hof.

»Na jetzt brauchst nicht mehr zu kommen.« Johanna reißt die Haustür auf. »Wenn du dich noch nützlich machen willst, geh hinter den Stall und schneid das Gras fertig«, befiehlt sie ihr über die Schulter.

»Ja, Mutti.« Friedas Stimme ist dünn, sie lässt die Arme baumeln und trottet zum Stall.

Johanna dreht sich um, folgt ihr ein paar Schritte. Die roten Zöpfe liegen ordentlich auf Friedas Rücken. Die milchweiße Haut im Nacken ist mit roten Flecken übersäht. Vielleicht ist sie doch krank, denkt Johanna. Sie fasst ihre Tochter an der Schulter. Frieda zuckt zusammen und macht einen Schritt von der Mutter weg. Sie verschränkt die Arme über ihrem Bauch. Johannas Blick verdunkelt sich. Sie schiebt ihre Unterlippe vor. Wie hatte sie nichts bemerken können, durchfährt es sie. Johanna und Frieda verharren für einen Moment regungslos.

»Geh zur Wiese. Die Arbeit wird dir die Flausen im Kopf hoffentlich vertreiben.« Mit einer Handbewegung schickt Johanna ihre Tochter weg.

Die Zeit reicht Johanna am Abend nur, um eine Suppe zu kochen. Der Gastraum ist voll. Sie stellt den Topf auf den Tisch zwischen Frieda und Arno, hält ihnen je einen Löffel hin. Sie müsse gleich zurück, mehr Bier und Schnaps ausschenken. »Johanna, Johanna!«, dringt das Rufen schon durch die Tür.

Arno und Frieda beugen sich gleichzeitig über den dampfenden Topf und beginnen zu löffeln. Frieda hebt den Kopf kein einziges Mal. Johanna betrachtet ihre zwei Kinder und rechnet nach. Ist es wirklich schon über fünf Jahre her, seit Inge nicht mehr mit ihnen zu Abend isst, seit Inge tot ist, fragt sie sich. Schnell verscheucht sie diesen Gedanken.

Sie stopft das Geschirrtuch hinten in ihre Schürze, wischt die Hände vorne ab. Sie streicht Arno über den Kopf. Schon ertönt das Kratzgeräusch unten im Topf. Frieda steht auf.

»Gute Nacht, ich bin müde.«

Langsam geht sie an der Mutter vorbei. Johanna nickt ihrer Tochter zu. Auf der Türschwelle zieht sie sie am Ärmel ein Stückchen zu sich heran.

»Brauchst du mich heute noch?«, fragt Frieda.

Johanna schüttelt den Kopf.

»Musst dich nicht sorgen. Gleich morgen kümmern wir uns darum«, flüstert Johanna ihrer Tochter zu.

Frieda wird rot im Gesicht. Auf ihrem Hals erscheinen Flecken. Johanna streicht ihr eine Haarsträhne hinters Ohr. Dann umfasst sie Friedas Wangen mit beiden Händen, fast zärtlich.

»Mein Kind, es wird schon gut.« Johanna lächelt ihr aufmunternd zu.

Frieda schaut ihre Mutter mit großen Augen an.

Johannas Hände greifen etwas fester zu.

»Was? Denk bloß nicht, dafür kommt etwas anderes in Frage!«

»Mutti, ich …«

Frieda windet ihren Kopf von einer Seite zur anderen, versucht die Hände der Mutter abzuschütteln. Johanna verstärkt abermals ihren Griff um Friedas Gesicht. Sie sieht den Glanz in ihren Augen. Die roten Backen kamen Johanna gestern noch so unschuldig vor.

»Das hast du von mir. Bei mir ist es genau gleich. Einmal mit der Unterhose winken und schon ist es passiert.«

Frieda packt die Handgelenke ihrer Mutter und zieht kräftig daran. Die Mutter löst ihren Griff. Frieda huscht aus der Küche.

Ich bin einunddreißig und miete in meiner Heimatstadt in der Schweiz ein winziges Zimmer in einem sehr alten Haus. Dusche und Küche sind im Gang. Es ist billig. Ich stelle mein Bett in das Zimmer, schiebe die eine Hälfte der Bananenschachteln darunter. Die andere Hälfte meiner Sachen packe ich in zwei Koffer.

Wien ist mehr als fünfhundert Kilometer entfernt. Fast einen Tag bin ich mit dem Zug unterwegs. Ich beziehe dort ein ebenso kleines und billiges Zimmer. Es hat eine sehr hohe Decke. Tag und Nacht rauschen vor dem Fenster Autos und Straßenbahnen vorbei.

Ich reise die Strecke zwischen meinen beiden Zimmern oft hin und her in den nächsten Jahren. Zu jedem Saisonwechsel transportiere ich Kleidung von hier nach da und umgekehrt, rüste mich aus mit Winterjacke und Schal oder Sommerkleid und Sandalen. Nach einiger Zeit habe ich an beiden Orten eine Zahnbürste und je einen Regenschirm. Mein Lieblingsbuch besitze ich doppelt. Es fehlt mir nie an irgendwelchen Gegenständen. Mein Gefühl gibt mir vor, wenn es wieder Zeit ist, die Reise anzutreten.

Ich bin an beiden Orten zu Hause. Ich bin an keinem der Orte zu Hause. Wenn jemand fragt, weiß ich nicht, welches der beiden Zimmer ich Zuhause nennen soll.

Immer reserviere ich einen Sitzplatz, auch wenn ich weiß, dass der Zug leer sein wird. Auf den Reisen, das alte

Zuhause im Rücken, das neue im Blickfeld, oder umgekehrt, schaue ich aus dem Fenster.

Arno steht in Istanbul am großen Fluss. Er weiß heute, dass es eigentlich kein Fluss, sondern eine Meerenge ist. Er zwirbelt seinen Schnauz, legt die Handkante an die Stirn, um seine Augen vor der Sonne abzuschirmen. Das Wasser funkelt. Eher blau als türkis. Der Fluss ist anders, als Arno und Kurt ihn sich vorgestellt haben. Viel größer und viel breiter. Es zieht Arno oft hierher, er kann stundenlang auf das Wasser schauen. Oft denkt er dabei an Kurt.

Arno sammelt die Spucke in seinem Mund. Er katapultiert sie über die Zunge, zwischen den Lippen hindurch in einem großen Batzen in den Bosporus hinein. So lange es geht, blickt er ihr hinterher auf dem Weg ins Wasser.

Abends sitzt Arno auf seinem kleinen Balkon. Er blättert im Wörterbuch, sucht ein Wort, das er heute im Kino nicht verstanden hat. Bei seiner Heimkehr am frühen Abend hat er sein Dienstmädchen schlafend auf der Couch entdeckt. Er hat sie an der Schulter gerüttelt. Sie ist schnell aufgewacht, hochgeschossen, hat sich wortreich entschuldigt. Mit gesenktem Blick ist sie rückwärts in die Küche gegangen, wo schon sein Abendessen bereitstand. Arno hat sie nach Hause geschickt. Er braucht eigentlich keine Hilfe in seiner Wohnung, er ist ohnehin kaum da. Ob sie am Montag wiederkommen darf, hat sie noch gefragt. Arno war überrascht. »Natürlich. Warum auch nicht.«

Es läutet. Der Nachbar steht mit einer Flasche Raki vor der Tür. Er setzt sich zu Arno auf den Balkon. Arno fragt ihn nach dem Wort, das er nicht verstanden hat und das er auch nicht im Wörterbuch findet. Der Nachbar nimmt sich von den schwarzen Oliven, kaut lange darauf herum. Er spuckt einen Kern auf die Straße und zuckt mit den Schultern.

»Wörter, Wörter, du musst nicht lernen, wie wir zu reden, sondern so wie wir zu fühlen und zu leben!« Er boxt Arno in die Schulter.

»Ich habe heute in den Fluss gespuckt«, erzählt Arno.

Der Nachbar lacht. »Hast du gut gemacht. Ich spucke jeden Tag hinein.«

»Es war ein Versprechen.«

»Versprechen muss man halten.«

»Wusstest du, dass ich nur wegen dieses Flusses hierhergekommen bin?«

»Ich dachte, du seist wegen der Frauen gekommen. Die sind hier am schönsten. Stimmts?«

Die Männer prosten sich zu.

Sofia steht hinter dem Buffet und wartet auf Anweisungen von der Serviertochter, versucht dabei, nicht an die Schmerzen zu denken. Ihr Bauch grummelt seit dem Aufstehen. Sie weiß, dass das Grummeln nicht weggehen wird. Im Gegenteil, es wird sich verstärken, dann beginnt das Ziehen und Stechen im Unterleib, erst dann kommt das Blut. Wenn es richtig schlimm ist, fühlt es sich an, als ob Messer in ihre Scheide gesteckt würden.

Der Chef geht am Buffet vorbei. Sofia befühlt mit zwei Fingern die oberen Knöpfe ihrer Bluse, kontrolliert, ob sie geschlossen sind. Der Blick des Chefs wandert von Sofias Bluse runter zum Knopf ihres Jupes. Sie dreht sich schnell um. Am Stammtisch sitzen zwei Männer.

»Alles voller Tschinggen«, sagt der eine und knallt mit der flachen Hand auf den Tisch.

»Kein Wunder, bei dem Lohn, für den die alles machen!«, sagt der andere, nickt ernst dazu.

»Wenigstens haben sie schöne Töchter«, sagt der erste. Beide Männer lachen. Zwei Augenpaare wandern zu Sofia.

Die Serviertochter kommt ans Buffet und gibt Sofia einen Kaffee crème und zwei Gipfeli auf. Sofia füllt gemahlenen Kaffee in den Kolben und spannt ihn ein. Während die Maschine rattert, holt sie das Gebäck aus einem Korb, legt es mit je einer Serviette auf einen Teller, richtet eine Untertasse her, auf die sie einen kleinen Löffel legt. Sie stellt die heiße Tasse Kaffee auf das Tellerchen, dann alles auf das Tablar, das sie der Serviertochter über das Buffet hinschiebt.

»Alles gut?«

Sofia stöhnt und hält sich den Bauch.

»Schon wieder?« Die Serviertochter hebt fragend eine Augenbraue. Für einen Moment wird es Sofia schwummrig. Sie stützt sich am Buffet ab und saugt viel Luft durch die Nasenlöcher ein. Sie hat Angst, dass sie sich übergeben muss, wenn sie den Mund aufmacht. Als sie die Augen wieder öffnet, fällt ihr Blick auf den Gast, der gerade das Restaurant betritt. Es ist Emil. Er geht zu den Männern am Stammtisch, schüttelt beiden die Hände. Er sucht sich einen leeren Tisch am Fenster, schlägt die Zeitung auf.

Emil hat sie schon einmal auf der Straße gegrüßt und als sie ihn nur fragend anschaute, hat er sich vorgestellt. Mittlerweile weiß Sofia, dass Emil donnerstags zum Jassen am Stammtisch kommt und samstagmorgens die Zeitung hier liest. Aber heute ist nicht Donnerstag oder Samstag.

Sofia sieht Emil dasitzen und vergisst dabei kurz das Stechen und Ziehen in ihrem Unterleib. Ihr Kopf wird leicht und sie senkt ihn. Sie fährt mit dem Lappen über die sauberen Oberflächen, rubbelt an einem winzigen Fleck. Sie öffnet die Besteckschublade und poliert die Dessertgäbelchen. Emil blickt zu Sofia, er lächelt sie an. Das Grummeln in Sofias Bauch verwandelt sich in ein warmes Gefühl. Sie lächelt zurück.

Die Serviertochter steht vor ihr und verdeckt ihr die Sicht.

»Was träumst du denn?«, fragt sie barsch. »Einen Kaffee crème, einen Lutz, ein Mineralwasser, schnell.«

Sofia dreht sich um, bemerkt, wie die Frau des Chefs sie beobachtet. Ihre Hände zittern. Es schneidet und sticht wieder in ihr drin. Der Schmerz breitet sich aus. Auf Sofias Stirn bilden sich Schweißtropfen. Sie schenkt Mineralwasser in ein Glas, kann nicht stoppen, als das Glas voll ist. Es läuft über. Die Serviertochter kommt, schubst Sofia beiseite und bereitet die Getränke selbst vor.

»Zu nichts zu gebrauchen, die Tschinggen!«, murmelt sie.

Die Frau des Chefs kommt auf sie zu, als die Serviertochter mit dem Tablar zu den Tischen geht. Sofia sieht zu Emil. Er hat alles mitbekommen. Ihr ist heiß und schwindlig. Emil blättert schnell in der Zeitung.

»Du stellst dich an wie am ersten Tag!« Der Ton der Frau des Chefs ist hart.

»Entschuldigung. Es ist nur, es tut so weh«, flüstert Sofia.

»Schon wieder?«

Sofia nickt.

»Geh ins Stübchen! Komm zurück, wenn es dir besser geht und du arbeiten kannst!«

Sofia legt die Schürze ab. Bevor sie sich zum Gehen wendet, traut sie sich, noch einmal zu Emil zu schauen. Er blickt vorsichtig von seiner Zeitung auf, hebt die Hand von der Tischplatte und winkt ihr damit unauffällig. Niemand sonst nimmt es wahr, ist sich Sofia sicher, es ist ein Zeichen nur für sie. Sie muss sich an die Tür lehnen, weil ihre Knie ganz weich sind.

»Diese Italienerinnen sind so dramatisch«, flüstert die Frau des Chefs absichtlich ein wenig zu laut, als sie an ihren Tisch im Gastraum zurückkehrt. Sofia sieht, wie sie dabei die Augen verdreht.

Ich bin dreißig und tigere durch die Wohnung. Im Arbeitszimmer von M. bleibe ich stehen, stütze mich auf die Lehne seines Bürostuhls und betrachte die Unterlagen auf der Tischplatte. Er hat die einzelnen Blätter aufgefächert hingelegt, schön drapiert, wie einen Blumenstrauß. Ich erinnere mich an seine Freude, als wir auf der Bank die Unterlagen erhalten haben. Der Bankberater hat M. alles mit ernster Stimme erklärt. M. hat eifrig genickt, mit leicht geöffneten Lippen. Mich hat der Berater angelächelt.

Ich wippe mit meinen Armen die ergonomische Stuhllehne auf und ab. Dann fasse ich die Unterlagen mit spitzen Fingern an und drehe sie um. Auf der weißen Tischplatte sind sie jetzt kaum mehr auszumachen.

Ich gehe in die Küche, in unser Schlafzimmer, ins Wohnzimmer und wieder in die Küche. Ein Schlüssel dreht sich im Schloss. Ich betrete schnell das Wohnzimmer, setze mich auf das Sofa.

M. ruft ein »Hallo« in die Wohnung und geht direkt in sein Arbeitszimmer. Ich stehe auf, setze mich gleich wieder. Ich lasse mich nach hinten in das Polster fallen und atme laut aus. M. geht in die Küche, kommt ins Wohnzimmer mit einer Schüssel kalter Pasta. Er kaut hastig im Stehen und sagt etwas Unverständliches. Als ich keine Antwort gebe, schaut er mich endlich an. Er lässt die Schüssel sinken. Sein fragender Blick trifft mich. Ich schüttle den Kopf und wende den Blick ab.

»Bitte versteh. Es geht wirklich nicht mehr«, sage ich leise.

M. beginnt zu weinen. Er nimmt neben mir Platz und schlägt seine Hände vors Gesicht. Ich umfasse seinen Kopf und drücke meine Stirn gegen seine. Eine Träne tropft von seinen Lippen auf das Sofa.

Ich gehe ins Schlafzimmer. Ich packe etwas Wäsche in meinen Rucksack, ein paar Shirts, ein Buch, gehe ins Bad und schnappe wahllos Fläschchen und Tuben. M. steht im Gang. Er steckt die Hände in seine Jeanstaschen, nimmt sie wieder raus, fasst meine Hand. Er umschließt sie mit seinen Händen, streichelt sie sanft.

»Und wenn es ein Fehler ist. Woher willst du wissen, dass es kein Fehler ist?«

Ich betrachte meine Hand in seinen Händen und stelle den Rucksack neben die Wohnungstür. M. zieht mich ins Schlafzimmer. Wir legen uns angezogen auf das Bett. Ich weine auch. Er fährt mir durch das Haar, zieht mich an sich und irgendwann fallen wir umschlungen erschöpft in den Schlaf.

Ich wache mitten in der Nacht auf, gehe aufs Klo. Mein Rucksack steht noch neben der Tür. Ich schaue in den Spiegel, reibe mir etwas Schlaf aus den Augen, binde meine Haare im Nacken zusammen. Ich schaue mich genau im Spiegel an, drehe meinen Kopf. Ich beobachte, wie meine Finger mein Gesicht abtasten.

»Bist du das?«, flüstere ich.

Im Gang schlüpfe ich in Schuhe und Jacke, nehme den Rucksack und verlasse die Wohnung. Meinen Schlüssel lasse ich da.

Sofia stellt Emil das Abendessen hin. Butterbrot und Käse, für mehr hatte sie keine Zeit. Sie hat am Nachmittag beim Putzen die Zeit vergessen. Es ist wichtig, dass alles blitzblank ist. Das hat ihre Mutter ihr schon eingeschärft. Kein Schweizer soll sagen können, dass Italiener dreckig sind, hört Sofia noch immer die Worte ihrer Mutter.

Emil nimmt ein Stück Brot und belegt es mit einer Scheibe Käse. Er kaut bedächtig. Sofia sieht ihm an, dass er über etwas nachdenkt. Sie fragt nicht, sie ahnt, was es ist. Sofia nimmt neben ihm auf der Eckbank Platz und streicht sich ein Brot. Sie hat schon mit den Kindern zu Abend gegessen. Der Doktor hat ihr gesagt, sie müsse wieder für zwei essen. Ihr Appetit ist groß und wenn sie mit Emil isst, stellt sich so etwas wie Verbundenheit ein zwischen ihnen.

»Tschinggenfamilie«, sagt Emil.

Sofia zuckt zusammen. Dann kaut sie schnell weiter, schluckt, beißt noch einmal ab von ihrem Brot. Emil hat seins nicht angerührt.

»Eine Tschinggenfamilie sind wir.« Emil starrt auf sein Brot. Seine Hände liegen zu Fäusten geballt rechts und links vom Teller.

»Nur halb«, sagt Sofia. »Du bist Schweizer. Unsere Tochter ist Halbschweizerin. Wenn das da raus ist …«, Sofia deutet auf ihren schwangeren Bauch, »… dann sind wir eine Schweizerfamilie, oder findest du nicht? Zwei Halbschweizer Kinder, ein Schweizer Vater und ich. Ich zähle dann gar nicht mehr richtig.« Sofia lacht gepresst.

»Und wenn sie uns Tschinggen nennen, höre ich einfach nicht hin.«

Sofia sieht, wie Emil sie mustert. Für ihn zieht sie sich an wie die Schweizerinnen im Dorf, trägt schon lange keine kurzen Röcke mehr und toupiert sich die Haare nicht am

Hinterkopf, sondern schlingt sie im Nacken zu einem Knoten. Emil findet sie noch immer schön, ist sie sich sicher.

Marias Weinen dringt aus dem Kinderzimmer. Sofia springt auf und geht zu dem Kind. Sie versucht es zu beruhigen und trägt es auf dem Arm durch die Wohnung. Emil nimmt es ihr ab.

»Gib sie mir, ich weiß, wie wir sie ruhig bekommen.« Er öffnet die Wohnungstür und legt Maria in den Kinderwagen, der im Gang steht. Zu zweit tragen sie ihn die Treppe runter. Es ist ein milder Abend und schon dunkel. Sofia stellt sich hinter den Kinderwagen.

»Lass mich schieben«, sagt Emil.

»Und wenn uns jemand sieht?«

»Und wenn schon. Sollen die Leute halt reden.«

Emil schiebt den Kinderwagen energisch das Trottoir entlang. Er bleibt kurz stehen, küsst Sofia auf die Schläfe, schiebt den Wagen weiter. Sofia geht neben ihm her und hakt sich bei ihm unter. Maria weint nicht mehr.

Ich sitze in Omis Küche auf dem Holzstuhl, baumle mit den Beinen und denke an das Niemandsland. Auf der einen Seite grenzt das Niemandsland an Österreich, auf der anderen Seite an Jugoslawien. Das hat mir Papa erzählt. Das Niemandsland ist also eingeklemmt und niemand wohnt dort. Mama und Papa haben ihre Pässe mitgenommen und viele hundert Schilling. Wenn wir in Kärnten sind, zeigt mir Papa immer die Tausender in seinem Portemonnaie und ruft lachend: »Hier sind wir reich.«

Im Niemandsland müssen meine Eltern heute Zigaretten für Omi und Opi kaufen. Mich haben sie hiergelassen, nur Erwachsene dürfen Zigaretten kaufen.

Mama hat mir vor ihrer Abfahrt einen Zeichenblock und Buntstifte auf den Küchentisch gelegt. Ich will nach vorne rutschen auf dem Stuhl, meine Oberschenkel sind wie angesaugt von dem Holz. In der Mitte des Tisches steht ein Aschenbecher mit einer qualmenden Zigarette. Ich schaue zu, wie sich der Rauchfaden an die fleckige Zimmerdecke schmiegt. Beim Zeichnen bleiben meine nackten Unterarme auf dem Plastiktischtuch kleben. Die Spitze des roten Stiftes bricht ab. Ich gehe zu Omi und zeige sie ihr.

»Na dann mal mit den anderen Farben weiter. Wie viele Farben hast du überhaupt, sag amal.«

Sie stemmt die Hände in die Seiten und schaut auf meine Buntstifte.

»Kein Kind hier hatte jemals so viele Buntstifte. Überhaupt keiner hatte Buntstifte. Zeichne jetzt weiter.«

Wenn Omi den Kopf schüttelt, bewegt sich ihr kurzes Haar gar nicht. Es ist wie gelockter Draht, silbern und steif. Ich würde es gerne einmal anfassen.

»Wann kommt Mama zurück?«

»Glei, glei«, sagt Omi und wir schauen beide zum Küchenfenster hinaus auf den Hof.

Im Garten hinter dem Hof steht Opi vor seinem Holzhäuschen. Nur er und Blitzi dürfen dort rein. Opi hat sein Jagdgewehr quer über den Rücken geschnallt, eine Hand hält sich am Riemen fest, zwischen den Fingern der anderen hält er eine brennende Zigarette. Ich schaue schnell wieder weg.

»Warum kaufst du deine Zigaretten nicht einfach selbst?«

»Die lassen uns nicht! Dem Opi und mir verkaufen sie nur eine Schachtel pro Tag. Ausländer wie ihr dürfen eine ganze Stange kaufen. Dumme Ungerechtigkeit, oder nicht?«

Omi formt Knödel mit klebrigen Händen und ich gehe in der Küche auf und ab. Ich erschlage ein paar Fliegen mit der

Klatsche. Vorsichtig schaue ich wieder aus dem Fenster. Jetzt schwänzelt Blitzi um Opis Beine. Opi beugt sich runter und tätschelt den Hundekopf, krault das Tier danach ausgiebig am Bauch, am Rücken, am Hinterteil und wieder am Kopf. Blitzi wälzt sich im Gras. Opi geht in die Hocke, um noch besser streicheln zu können. Ich sehe, wie er mit dem Hund spricht. Mit Menschen spricht er selten, nicht mal mit Omi. Omi nimmt mir die Fliegenklatsche aus der Hand.

»Tu was Sinnvolles!«, herrscht sie mich an und zieht mich an der Naht meines T-Shirts zu sich an den Herd.

Ich habe noch nie einen so alten, so verrußten Herd gesehen. Aus den Löchern kommt eine richtige Flamme. Mamas Warnungen fallen mir ein. Ich darf bestimmt nicht so nahe ran. Omi drückt mir ein Stück Teig in die Hand. Sie rollt ihr Stück zwischen den Handflächen, bis es ganz rund ist, dann drückt sie mit dem Daumen ein Loch hinein und nimmt aus einer Schüssel eine halbe Aprikose, die sie Marille nennt. Sie legt sie in das Loch. Aus einer kleineren Schüssel nimmt sie einen Würfelzucker und legt ihn in die halbe Aprikose, gibt dann die andere Aprikosenhälfte darüber. Dann rollt sie den Teig wieder schnell zwischen ihren Handflächen und der Zucker und die Aprikose verschwinden im Innern der Kugel. Auf dem Tischchen neben dem Herd liegen schon viele Knödel, alle exakt gleich groß und gleich rund. Omi nimmt das nächste Stück Teig. Mir klebt der Teig an den Fingern, obwohl ich Omis Bewegungen genau nachmache. Als ich nach einiger Zeit meinen Knödel neben ihre lege, müssen wir beide lachen, so unförmig ist er geworden.

»Na, wird schon schmecken«, sagt Omi. Sie schaut auf die Uhr, löst ihre Schürze und legt sie über die Stuhllehne. Ich folge ihr ins Schlafzimmer. Ich muss in ihrer Nähe bleiben. Draußen im Garten sind Opi und Blitzi.

Im Schlafzimmer ist es dunkel, die beiden Bettdecken und Kissen liegen wie riesige Wolken auf dem Ehebett. An der Wand hängen Fotografien von Menschen, die ich nicht kenne. Ich schaue nur, ich fasse nichts an.

Omi wechselt ihr Arbeitskleid. Ich habe sie noch nie etwas anderes tragen sehen als ein Arbeitskleid mit einer Schürze darüber. Als sie sich ihr Kleid auszieht, drehe ich mich schnell weg von ihr. Ich höre Stoff rascheln. Omi muss fertig sein mit dem Umziehen, ich wirble herum. Sie steht in einem weißen Unterrock und im Unterhemd da. Bis zu den Knien reichen ihr hellbraune Seidenstrümpfe. Sie ist schlank, unter dem Stoff des Unterrocks zeichnet sich ihr Bauch ab, die Haut an den Oberarmen hängt leicht herab, ihre Beine sind knochig. Sie schaut sich im Spiegel an, kämmt ihre silbernen Haare mit einem kleinen Kamm aus Plastik. Sie bleiben steif wie Draht. Omi legt den Kamm auf dem Frisiertisch ab und wendet sich mir zu. Ich presse meine Hände auf meine Augen, bleibe bewegungslos stehen.

»Schau ruhig, mir macht das nix.« Ich höre Omi atmen, höre, wie sie die Schranktür öffnet und schließt, höre wieder Stoff rascheln.

»Ich zeig dir was, schau!«

Ich spreize die Finger, schaue zwischen ihnen hindurch. Omi hebt mit beiden Händen das Unterhemd an, hebt es hoch bis unter ihr Kinn. Ich sehe ihren weichen Bauch, die helle Haut, sehe eine Brust. An der Stelle, wo die zweite Brust sein sollte, verläuft waagrecht eine Narbe. Ich will wegschauen, ich kann nicht. Da ist keine zweite Brust wie bei Mama, da ist eine Narbe und wulstiges Fleisch über harten Rippen. Omi schnalzt mit der Zunge. Sie lässt den Saum des Unterhemds fallen, stopft es in den Gummizug des Unterrocks und zieht sich endlich ein sauberes Arbeitskleid über.

Ich höre ein Auto in den Hof fahren und renne hinaus. Bevor meine Eltern aussteigen können, reiße ich die Beifahrertür auf und werfe mich auf Mama. Auf ihrem Schoß liegen zwei Stangen Zigaretten. Die Ecken und Kanten der Kartons drücken hart gegen mein Gesicht und meinen Hals.

Rosa kniet im Garten hinter dem Haselnussstrauch. Sie beobachtet die anderen Kinder, die auf der Straße spielen. Sie teilen sich in zwei Gruppen, spielen Italiener gegen Schweizer. Wer sich am längsten verstecken kann, hat gewonnen. Wer gefunden wird, muss für die eigene Gruppe so viele versteckte Gegner wie möglich finden. Rosa schaut zu, wie Maria einem Jungen aus der Schweizer Gruppe die Uhr abnimmt, um die Zeit zu messen.

Ein Nachbarsmädchen versteckt sich neben Rosa hinter den Haselnüssen. Es legt verschwörerisch den Finger auf die Lippen. Rosa hält den Atem an. Maria findet das Mädchen sofort. Rosa bleibt ganz still.

»Blödes Versteck«, lacht Maria, als sie das Mädchen am Arm auf die Straße zerrt.

Die Gruppe der Ausländerkinder gewinnt die erste Runde. Rosa hört ihre Schreie. Sie klingen erfreut, zornig, aufgebracht und aufgeregt.

Rosa sitzt lieber hier, im Garten hinter den Büschen. Sie beobachtet ihre Mutter auf dem Hof zwischen anderen Frauen. Viele Teppiche hängen über Stangen, über der Bank oder liegen auf dem Boden. Die Frauen bearbeiten die Teppiche mit Teppichklopfern. Rosa zählt die Schläge. Es sind mehr, als sie Zahlen kennt, und sie muss immer wieder bei eins beginnen. Wenn ein Teppich genug ausgeklopft ist, holen sie ihn runter, legen ihn über die Bank und hängen den nächsten über die Stange. Die Frauen tragen Arbeitsschürzen und Kopftücher. Rosa verliert ihre Mutter nie aus den Augen. Sie ist die Frau mit der lautesten Stimme. Und die Dickste. Ihr Busen ist groß und weich, die Schürze spannt über ihrem Bauch. Sie lacht oft. Die Frauen reden unentwegt durcheinander. Rosa versteht kein Italienisch.

In den anderen Familien dürfen die Kinder zu Hause Italienisch sprechen, hat ihr ein Mädchen aus der Nachbarschaft erzählt. »Zu denen gehe ich nicht gerne zum Spielen«, hat sie gesagt. Rosa hat genickt. Sie denkt an das Verbot, das ihr Vater ausgesprochen hat. »Kein Italienisch in dieser Wohnung.« Er verstehe kein Italienisch und wenn sie nur Deutsch sprächen, seien sie ein bisschen mehr wie eine richtige Schweizer Familie. Die Mutter könne ja gut Deutsch und wozu sollten die Kinder Italienisch lernen. Mit ihren Großeltern könnten sie sich auch ausreichend verständigen.

Die Frauen um Sofia sind weniger geworden. Fast alle Teppiche des Quartiers sind ausgeklopft. Die Frauen haben sie wieder mitgenommen, haben sie zu zweit nach Hause getragen. Ihre Mutter hängt flink die Wäsche auf, eine letzte Nachbarin klopft müde auf einen kleinen Teppich. Rosa rappelt sich auf und verlässt ihr Versteck. Sie streicht an den Büschen vorbei und stapft über die Wiese auf ihre Mutter zu.

»Cara figlia!«, hört sie die Mutter rufen, als diese sie erblickt. Rosas Blick verdüstert sich.

»Komm her«, lockt Sofia ihre Tochter. Rosa bleibt stehen, schüttelt den Kopf.

»Jetzt komm, Rosa, kannst mir helfen.«

Rosa rennt auf die Mutter zu und schlingt ihre Arme um die stämmigen Beine.

»E allora!« Die Nachbarin lacht. Rosa kneift ihre Mutter in den Oberschenkel. Die Mutter streicht ihr über das Haar, löst sanft Rosas Finger.

Die Nachbarin sagt etwas auf Italienisch, die Frauen schwatzen weiter und sofort ergießen sich erneut die unbekannten Wörter über Rosa. Sie beißt ihre Mutter in den Oberschenkel.

»Aua«, ruft die Mutter halb im Scherz.

Die Frau spricht Rosa an, es klingt wie ein Tadel. Diese Sprache lässt Rosas Trommelfell vibrieren. Diese Sprache lässt die Hände ihrer Mutter und der Nachbarinnen tanzen. Es ist die Sprache der Mutter, die Rosa nicht versteht.

Ich bin neunundzwanzig und treffe meinen Freund vor einem kleinen Haus am Stadtrand. Wir gehen einen Kiesweg entlang. Es knirscht unter unseren Absätzen. Ich finde, es knirscht zu laut, ich höre nichts anderes als dieses Knirschen. M., der jetzt ein paar Schritte vor mir zur Haustür hastet, scheint das Geräusch nicht zu bemerken.

Die Eigentümerin steht vor der Haustür. M. begrüßt sie zu freundlich. Ich gehe noch über den Kiesweg, darauf bedacht, möglichst sachte aufzutreten.

Der Schlüssel zum Haus steckt im Schloss, ein großer Schlüsselbund baumelt daran. Die Eigentümerin muss ihn nur noch umdrehen und uns reinlassen. Die Hand von M. ist feucht und drückt meine zu fest.

»Du hast dir doch schon immer eine Hollywoodschaukel gewünscht!« M. strahlt mich an, mit seinem Kinn und seinem Blick deutet er auf den kleinen Vorgarten. Er lässt seine Augenbrauen lustig hoch- und runterhüpfen und nickt dabei. Ich muss über seinen Enthusiasmus lachen.

»Hinter dem Haus gibt es eine größere Wiese und einen Garten. Wollen Sie sich zuerst draußen umsehen?« Die Eigentümerin schaut uns fragend an. Der Schlüsselbund klirrt leise.

Auf der Wiese steht ein großer Birnbaum. »Er muss alle paar Jahre professionell geschnitten werden«, erklärt uns die Eigentümerin. »Wie das Haus ist er schon über hundert Jahre alt.«

M. lehnt sich an den Stamm und fährt mit dem Finger über eingetrocknetes Harz. Das Handy der Frau klingelt. Sie geht ran und verschwindet um die Ecke.

»Auf dieser Wiese veranstalten wir die tollsten Feste im Sommer! Da kommt der Grill hin, da ein langer Tisch, ein paar Bänke, Sonnenliegen, alle unsere Freunde sind willkommen.« M. läuft von einer Ecke der Wiese zur anderen, stolpert dabei über seine eigenen Füße, zeigt mir mit ausladenden Gesten, wo was stehen wird. Ich setze mich auf die Schaukel hinter dem Birnbaum.

»Großartig, oder?«, fragt M. außer Atem und stößt die Schaukel leicht an.

Ich löse die Füße vom Boden und schwebe auf M. zu und wieder von M. weg.

»Der Baum ist wunderschön«, sage ich und lächle.

Wir hören die Eigentümerin reden und lachen.

»Komm, wir gehen rein«, sagt M. entschlossen.

Er zieht mich an der Hand durch die Räume.

»Am Anfang müssen wir es natürlich so nehmen, wie es ist. Für große Veränderungen wird es nicht gleich reichen. Aber wir arbeiten noch zwei, drei Jahre, vielleicht geht es auch schneller, wenn wir meine Eltern um Unterstützung bitten. Das Bad geht vorläufig, am besten machen wir die Küche zuerst.«

Er öffnet ein paar Schränke und schließt sie wieder.

»Ist alles brauchbar, nur nicht gerade neu. Aber wir mögen das ja so. Sonst könnten wir uns gleich eine Eigentumswohnung in einem Neubau kaufen.«

Ich drehe mich zum Küchenschrank hinter mir und öffne sorgfältig jede Schublade. Ich hatte noch nie so viel Platz in einer Küche. Auf dem Schrank stehen alte Porzellangefäße, auf denen in blauer Schnörkelschrift *Zucker*, *Mehl*, *Grieß* und *Salz* steht. M. strahlt mich an.

»Es ist perfekt!«

»Hm, ja«, murmle ich. Sofort gleiche ich mein Murmeln mit einem Lächeln aus.

»Jaja!«, schiebe ich hinterher und nicke heftig.

Ich gehe zur Spüle, lehne mich an den kühlen Stein und schaue aus dem Küchenfenster. Ich sehe direkt auf die Wiese. Der Birnbaum wird bald blühen, denke ich. Ich meine zu erkennen, dass sich die Schaukel noch leicht bewegt.

»Die muss man reparieren«, sage ich. »Die ist morsch, das ist gefährlich.«

»Da muss ich nur das Holz auswechseln, der Rest hält noch gut. Das ist einfach.« Sein Kopf liegt von hinten auf meiner Schulter, M. flüstert mir direkt ins Ohr.

»Und in ein paar Jahren stehen wir hier und unser Kind schaukelt da draußen.«

M. streicht mir über meine Schultern und Oberarme.

»Ich liebe dich sehr, ich weiß, dass du es weißt, aber ich sag es so gern.« M. flüstert nicht mehr.

Wir küssen uns an die Spüle gelehnt. Die Eigentümerin steht in der Küchentür und räuspert sich. M. lässt meine Hand nicht los. Ich werde rot.

»Vielen Dank für Ihre Zeit. Das Haus ist sehr schön«, sage ich.

»Es ist perfekt für uns!« M. drückt mir einen Kuss auf die Schläfe. »Wir haben morgen einen Termin bei der Bank, danach melden wir uns bei Ihnen«, sagt er. »Es wird aber keine Probleme geben. Das kann ich Ihnen versichern.«

M. geht auf die Frau zu, ergreift ihre Hand und schüttelt sie kräftig. Ich drehe mich noch einmal um und schaue aus dem Fenster. Der Birnbaum muss wahnsinnig schön aussehen, wenn er blüht. Die Schaukel bewegt sich nicht mehr.

Johanna schaut aus dem Küchenfenster und versucht, wenigstens für einige Sekunden alles zu vergessen. Sie bewundert den Marillenbaum im Garten, wie groß er geworden ist. Das Schimpfen ihres Vaters wird wieder lauter. Johanna steckt die geballten Fäuste in die Taschen ihrer Schürze. Sie schaut zwischen ihrer weinenden Mutter und dem wütenden Vater hin und her.

»Dieser Franz, der nichts in die Ehe eingebracht hat außer seiner Anstellung beim Landesarbeitsamt und ein Kind von einer anderen im nächsten Dorf!« Johannas Vater wird immer lauter. »Franz, der Beamte!«, zischt er.

»Sch-sch«, macht Johannas Mutter und legt ihrem Mann eine Hand auf den Arm.

Kurz vor der Hochzeit überschrieb der Vater Johanna alles. Den Stall, das Wirtshaus, die Säue, den Boden. Darum gehört auch alles Franz.

»Dein Franz, der jetzt nicht einmal hier bei seiner Familie ist! Der dir hier fehlt. Der zuerst in irgendeinem Büro gesessen ist, sich nicht die Finger schmutzig gemacht hat, macht uns jetzt noch aus der Gefangenschaft heraus Schwierigkeiten.«

Johannas Vater poltert die Sätze in den Raum. Er ist rot im Gesicht. Ihre Mutter sitzt da mit hängenden Schultern. Verzweifeltes Schluchzen bricht aus ihr heraus. Eine Weile lang sagt niemand mehr etwas.

»Aber was tun wir, wenn die Männer wiederkommen?«, fragt Johanna.

Die Mutter bleibt stumm, hat sich gefasst, der Vater starrt auf die Tischplatte.

»Daran ist nur Franz schuld«, sagt er und haut mit der Faust auf den Tisch.

Ich liege auf einer Matratze auf dem Boden. Ich bin eine Tagesreise von meinem Herkunftsort entfernt. Ich denke an meine Sachen in den Bananenschachteln unter meinem Bett in der Schweiz. Ich benötige nichts davon. Alles an der Schweiz fehlt mir.

Ich liege auf dem Rücken und starre an die Decke. Die Decke ist sehr weit weg. Ich kann keine Lampe montieren, weil mir eine so hohe Leiter dazu fehlt. Es hallt in meinem Zimmer. Ich habe es notdürftig eingerichtet. Ich könnte jederzeit mit geringem Aufwand von hier verschwinden. Ich gehe oft spazieren. Die meiste Zeit verbringe ich allein, ich kenne hier niemanden. Ich lese im Reiseführer über die historischen Hintergründe der Gebäude und Plätze, denen ich auf meinen Spaziergängen begegne, bis ich alles auswendig kann. Bald habe ich jedes Museum besucht. Abends gehe ich ins Theater oder ins Kino. Ich verbringe viele Stunden täglich im Internet. Früher hatten meine Tage weniger Stunden. Hier sind es immer zu viele. Abends bin ich noch nicht müde. Ich wache mitten in der Nacht auf und bin hellwach.

Nachts scrolle ich auf meinem Handy durch die Onlineprofile von Männern in meiner Umgebung. Ich schreibe mit einem Mann eine Weile hin und her. Seine Bilder gefallen mir. Er schreibt, ihm gefallen meine.

Am nächsten Tag sitzen wir uns in einem Kaffeehaus gegenüber. Er ist nett und in der Stadt aufgewachsen. Er wolle mir einige Orte zeigen, die die Einheimischen für sich behielten, sagt er. Ich bin aufgeregt und freue mich darauf. Er hört mir zu. Noch lieber redet er. Zum Abschied küsst er mich. Ich bin überrascht, kusse ihn zurück.

Als wir uns das nächste Mal treffen, zeigt er mir ein paar Bars. Verrauchte Kneipen, in denen Stammgäste allein am Tresen sitzen und Rotwein trinken. Danach begleitet er mich nach Hause. Er kommt mit in mein Zimmer. Er ist mein erster Gast. Ich biete ihm Wasser an. Er küsst mich wieder. Ich küsse ihn auch, ich lasse mich umarmen und umarme ihn auch. Es ist schön, einen Gast zu haben. Beim Küssen fährt seine Hand über meinen Hals. Sie tastet meine Schultern ab. Ich bin verwirrt. Wenn ich ihn wegschicke, bin ich wieder allein. Er knetet meine rechte Brust. Er schiebt seine Hand in meinen BH, drückt den Stoff herunter und hebt die Brust an, saugt an der Brustwarze. Er schaut mich erwartungsvoll an, atmet warm in mein Ohr. Es kitzelt, ich kichere. Er zieht mich an den Armen auf die Matratze, wir liegen nebeneinander. Er berührt meinen Bauch unter meinem Shirt. Ich sage nicht Nein. Ich bin plötzlich sehr müde, wie gelähmt. Seine Hände sind kalt. Ich drehe mich von ihm weg, auf die andere Seite, sage »Danke für den Abend«. Er berührt meine Brüste, zieht mein Shirt aus, umfasst meinen Körper von hinten, presst seinen Oberkörper an meinen Rücken. Das Atmen fällt mir schwer. Er presst sein Becken gegen meinen Hintern, streichelt gleichzeitig meine Haut überall und drängt seine Hand zwischen meine Beine.

Ich will ohne ihn sein. Ich bin so dankbar, nicht allein zu sein. Mir ist plötzlich sehr kalt. Ich will, dass er sich wieder mit mir trifft. Ich nehme seine Hand nicht weg, ich sage nicht Nein, ich will ihm dankbar sein. Ich will diesen einen Freund, den ich hier gefunden habe, nicht wegschicken. Ich wünsche mir, dass er aufhört. Er weiß das nicht. Er macht weiter bis zum Schluss. Er zieht sich an und schickt mir einen Luftkuss. Er werde sich bald bei mir melden.

Ich dusche sehr lange sehr heiß. So heiß, dass ich es kaum aushalte. Bis meine Haut überall rot ist. Ich ziehe meinen wärmsten Pyjama an und lege mich ins Bett.

Die nächsten Wochen schaffe ich es nicht, mich nackt im Spiegel anzuschauen oder mich zu berühren.

Rosas Blick ist auf die Stickarbeit in ihren Händen gesenkt. Aus dem Nebenzimmer hört sie das Rattern der Nähmaschine. Rosa arbeitet lieber in der Küche. Ihre Mutter fertigt alle Handarbeiten im Arbeitszimmer. Wenn ihr Vater abends aus dem Büro kommt, hat die Mutter alle Fäden, die Wollknäuel und Stoffreste säuberlich weggeräumt und die Nähmaschine mit dem dazugehörigen Plastik abgedeckt. Der Vater zieht sich nach dem Abendessen in sein Arbeitszimmer zurück, dann wolle er keine Frauenarbeiten herumliegen sehen, sagt er.

Bald ist der Nachmittag um und Rosa wird sich mit der Mutter ins Wohnzimmer setzen. Ihre Mutter erzählt ihr dann Geschichten von früher. Die hört sie gerne. Seit einiger Zeit fühlen sich die Geschichten der Mutter anders an. Als ob sie Rosa damit etwas sagen möchte. Sie erzählt ihr davon, wie es sein wird, wenn sie eine eigene Familie hat. Manchmal ist die Mutter am Schluss ganz traurig.

»Du kannst immer hier bei mir und deinem Vater bleiben, hier mit uns wohnen«, hat sie neulich gesagt.

Rosa möchte gerne in die größere Stadt gehen und eine Lehre machen, egal welche. Hauptsache eine, bei der sie etwas Neues sieht und ihr eigenes Geld verdient. Wenn sie nur so mutig wäre wie ihre Schwester, denkt Rosa.

Es klingelt. Rosa schaut sich in der Küche um, ob irgendwo ein Kuchen steht. Für Besuch gibt es immer Kuchen. Beim zweiten Läuten legt sie die Stickarbeit auf dem Tisch ab und öffnet die Tür. Draußen steht eine junge Frau, die sie noch nie gesehen hat. Die Frau lächelt. Sie trägt einen kurzen Mantel in Dunkelblau. Rosas Blick verfängt sich in einer Brosche auf dem Mantelstoff, die mit kleinen lila Federn besetzt ist. Die Füße der Frau stecken in hochhackigen Schuhen. Am auffälligsten ist ihr Haar. Es ist kurz und glatt, es reicht ihr nur knapp bis über die Ohren. Eine Frisur, wie sie Männer tragen, denkt Rosa.

»Ist Maria daheim?«

Rosa schüttelt den Kopf. Ihre Schwester fährt tagsüber immer in die Stadt. Dort lernt sie in einem Coiffeursalon Haare schneiden, Locken legen, Nägel lackieren. Abends bringt sie einen Duft von Bleiche und Haarspray mit und unendlich viel Tratsch, den sie Rosa genüsslich mitteilt, wenn die beiden in ihren Betten liegen.

»Die kommt immer erst am Abend heim.«

»Also, dann sag Maria Tschüss von mir. Ich komme in ein paar Wochen wieder. Sie bekommt ihre Sachen dann von mir zurück, sag ihr, ich verspreche es.«

»Ja, mach ich.«

»Goodbye«, sagt die Frau, betont das Wort, zieht es in die Länge.

»Warte. Wohin gehst du denn?«, fragt Rosa schnell. »Falls Maria fragt.«

Die Frau strahlt sie an.

»Ich fliege nach Amerika! To the United States of America.«

Rosa hat erst ein paar wenige Male Englisch gehört. Das muss eine der verrückten Freundinnen von Maria sein, über die die Mutter immer schimpft.

Die Nähmaschine hat aufgehört zu rattern.

»Und was machst du da? In Amerika?« Das Wort fühlt sich fremd an in Rosas Mund.

Die Frau lacht wieder. Rosa legt einen Finger über ihren Mund.

»In Amerika kann man alles machen, Kleine! I will learn English. Vielleicht einen reichen Mann kennenlernen, aber einen steinreichen mindestens! Vielleicht mit Cowboys auf Pferden reiten. Ich werde Hotdogs essen! Alles nach Lust und Laune! I will see!«

Die Frau redet immer weiter.

Rosa hört, wie sich die Tür des Arbeitszimmers öffnet. Sie erschrickt.

»Ich werds Maria sagen. Tschüss!«, sagt sie und schließt schnell die Wohnungstür.

»Wer war das?«, fragt ihre Mutter. Sie steht hinten im Gang.

»Niemand. Hat an der falschen Tür geklingelt, wollte zu den Nachbarn.« Rosa ist selbst überrascht über ihre kleine Lüge, die ihr aus dem Mund gepurzelt ist. Grinsend setzt sie sich zurück an den Küchentisch zu ihrer Stickarbeit.

Ich bin fünf Jahre alt und Mama geht vor mir in die Hocke. Sie verabschiedet sich von mir mit einem Kuss auf die Lippen.

»Es ist ja nur für ein paar Stunden«, sagt sie und blickt dabei Richtung Papa.

Ich setze mich auf das Sofa. Papa steht in der Wohnzimmertür, winkt mir zu.

»Sei brav und mach, was deine Schwester sagt.«

Er legt je einen Finger hinter seine Ohren und schiebt sie damit zur Seite raus, macht eine Grimasse dazu. Ich muss kichern. Mama setzt sich auf die Sofakante. Ich drücke mich an sie.

»Ich hab dich so lieb, Mama«, sage ich und sie schlingt ihre Arme fest um meinen Körper.

Ich löse mich aus ihrer Umarmung und gehe zu Papa. Er hebt mich hoch und ich ziehe an den Härchen seines Schnauzes.

»Morgen früh mach ich dir Waffeln!«, verspricht mir Papa. Er ist Schichtleiter in der Fabrik und kann manchmal tagsüber zu Hause bleiben.

Mama fasst Papas Hand und zieht ihn zur Haustür raus.

»Die Telefonnummer vom Restaurant steht auf dem Zettel neben dem Telefon!«, ruft Mama noch. Dann sind sie weg.

Anna ist in meinem Zimmer und ruft mich. Ich gehe die Treppe hoch und wir spielen eine Weile. Plötzlich verlässt sie das Zimmer und schließt die Tür hinter sich. Ich höre, wie sich der Schlüssel im Schloss dreht. Meine Schwester steht vor der Tür und lacht. Ich poltere schreiend durch mein Zimmer. Als sie mich wieder rauslässt, hat sie fast das ganze Abendessen aufgegessen. Gemeinsam plündern wir die Süßigkeitenschublade.

»Du musst jetzt ins Bett!«, befiehlt Anna.

Ich kann die Uhr noch nicht lesen. Ich beginne zu weinen, sage, dass es noch viel zu früh ist zum Schlafen und dass sie gar nicht wissen kann, wann ich ins Bett muss. So was wissen nur Mama und Papa.

»Ich war schon vor dir da, Jahre vor dir. Ich weiß genau, wann Babys schlafen gehen müssen. Mama und Papa haben mir alles erklärt«, sagt Anna und lacht wieder.

Ich schluchze. Anna läuft im Zimmer herum, dann setzt sie sich mit einer schnellen Bewegung auf mich und fixiert meine Arme mit ihren Knien. Sie kitzelt mich wie verrückt. Als wir außer Puste sind, geht sie ins Wohnzimmer und schaltet den Fernseher ein.

Wir sitzen auf dem Sofa und schauen fern. Nach ein paar Minuten ist es Anna egal, was ich tue. Sie schaut sich gebannt die Sendung an, die sie sich ausgesucht hat.

Ich schleiche mich in den Gang und drücke die Zahlen auf dem Telefon der Reihe nach. Jede Zahl ein Pieps. Als ich das Läuten höre, drücke ich mir den Hörer fest ans Ohr. Plötzlich ist der Ton weg. Die Leitung ist tot. Anna steht hinter mir, das ausgesteckte Telefonkabel in der Hand. Sie tanzt um mich herum, wedelt mit dem Kabel vor meinem Gesicht. Ich schreie, heule, trete, spucke. Anna schwingt das Kabel wie ein Lasso und stolziert durch das Wohnzimmer.

Als sie unsere Eltern vor der Haustür sprechen hört, steckt sie es wieder ein. Sie klapst mir auf den Hinterkopf: »Ab ins Bett und kein Wort.« Für heute Abend gehorche ich, lege mich rasch ins Bett und stelle mich schlafend, als meine Mutter mir einen Kuss auf den Scheitel drückt.

Lautes Klopfen an der Wirtshaustür weckt Johanna. Sie schlüpft in den Morgenmantel, nimmt das Kind auf den Arm und eilt aus dem Schlafzimmer. Sie beeilt sich, damit nicht auch noch die Mädchen oder ihre Eltern aufwachen.

Rexi bellt wie wild und hechtet den Gang auf und ab, springt ihr zwischen die Füße. Sie schimpft leise. Arno auf ihrem Arm ist ihr eigentlich schon zu schwer. Durch das Fenster sieht sie den üppigen Marillenbaum im Garten.

Es klopft wieder, heftiger. Johanna sperrt Rexi erst in das kleine Zimmer neben der Tür, dann öffnet sie. Sie setzt Arno neben sich ab.

Draußen stehen drei Männer. Johanna schluckt leer. Sie ahnt, dass es Partisanen sind. Die Männer grüßen sie. Sie sprechen Deutsch mit hartem Akzent. Johanna erkennt die slowenische Färbung in ihrer Sprache. Sie sieht den Schmutz an ihren Händen und an den Rändern unter den Fingernägeln. Arno klammert sich an ihrem Oberschenkel fest. Er krallt seine kleinen Finger in ihre Schürze.

Die Männer suchen Franz, sagen sie. Sie nennen seinen vollen Namen, fragen, wo er ist. Johanna ringt sich ihr freundlichstes Lächeln ab. Es läuft ihr heiß und kalt den Rücken hinunter. Sie hatte schon schlimme Träume von diesem Moment. Dann wacht sie auf und bleibt die ganze Nacht wach.

»Er ist nicht da«, antwortet sie, blickt den Männern dabei in die Augen.

Sie sagen, sie hätten sich das Land um den Hof herum angeschaut. Johannas Land. Einer tritt ein paar Schritte zurück und begutachtet gespielt prüfend die Hausfassade. Er dreht sich um und lässt den Blick über den Garten und den Stall schweifen.

»Wie viele Schweine?«

»Sieben«, sagt Johanna zögerlich. »Und drei Kinder.«

Der Zweite betrachtet sie eingehend von oben bis unten. Sie zieht Arno hinter ihren Beinen hervor. Einer der Männer bückt sich zu ihrem Buben und bringt ihn mit einer Grimasse zum Glucksen.

»Das alles für Sie ganz allein?«, fragt der bisher stumme Dritte.

Johanna zögert mit einer Antwort. Die drei Männer lassen sie nicht aus den Augen. Arno beginnt zu weinen. Er wird die kommenden Nächte wieder nur in ihrem Bett schlafen wollen. Johanna nickt den Männern zu und macht einen Schritt rückwärts ins Haus, zieht das Kind mit sich.

»Bis zum nächsten Mal«, hört sie einen der Männer sagen, bevor sie schnell die Tür schließt.

Ich verpacke den Kuchen in Folie, obwohl er eigentlich noch etwas zu warm ist. Ich trage ihn bis zum Bahnhof auf der Handfläche vor mir her. Meine Mutter steht schon am Bahnsteig und drückt auf ihrem Handy herum. Sie hebt den Kopf und schaut mich überrascht an.

»Ich begleite dich.«

»Aber du warst doch jetzt schon oft dabei. Das muss wirklich nicht sein. Du hast doch Besseres zu tun.«

»Ich habe heute frei und der Kuchen muss gegessen werden.«

»Für wen soll der denn sein?«

Der Zug fährt ein und ich steige hinter ihr die kleine Treppe ins Zuginnere hinauf. Sie sucht ein leeres Viererabteil. Ich setze mich ihr gegenüber, den Kuchen auf meinem Schoß. Ich öffne die Folie ein bisschen, damit er auskühlen kann.

»Riecht gut«, sagt meine Mutter.

Meine Mutter legt sich auf die gleiche Liege wie beim letzten Mal. Eine Pflegefachfrau setzt ihr eine Haube auf und fragt, ob sie uns einen Kaffee bringen soll.

»Oder lieber Saft oder Mineralwasser?«

»Ein Glas Wein!«, ruft eine Frau, die mitgehört hat. Einige Frauen lachen. Meine Mutter bringt ein Lächeln zustande.

Ich verteile den Kuchen auf farbigen Servietten an die Patientinnen, an ihren Besuch und an die Pflegefachfrauen. Es bleibt kein Stück für mich und meine Mutter übrig.

»Macht nichts«, sagt sie.

Ich nehme auf dem Stuhl neben der Liege Platz und lese mein Buch. Meine Mutter schaut eine Serie auf ihrem Tablet. Nach einer Weile betritt die Onkologin den Behandlungsraum und spricht mit jeder Patientin. Meine Mutter ist eingenickt, ich wecke sie auf. Sie schüttelt der Onkologin die Hand. Auf ihrem Gesicht haben sich die Falten des Kissens eingegraben.

Die Onkologin fragt sie, wie sie sich fühle. Und ob wir Fragen hätten. Ich schaue meine Mutter erwartungsvoll an. Sie schüttelt den Kopf.

»Danke«, sagt sie.

»Doch, wir haben eine Frage«, sage ich.

Meine Mutter schaut mich verärgert an.

»Die wäre?«, fragt die Onkologin nach ein paar Momenten der Stille.

Meine Mutter starrt auf ihre Hände und schüttelt den Kopf. Ich hole tief Luft.

»Habe ich das auch?«, frage ich und zeige auf meine Mutter, lasse dann meinen Finger über ein paar der Frauen im Raum gleiten.

Die Onkologin schüttelt den Kopf.

»Das weiß ich nicht. Jeder Körper trägt unzählige Informationen in seinen Genen. Die meisten negativen Auswirkungen treten gar nicht auf. Sie sind jung. Genießen Sie das Leben!«

»Sie muss sich also nicht die Eierstöcke und die Brüste entfernen lassen?«, fragt meine Mutter tonlos. Die Ärztin runzelt die Stirn und schüttelt wieder den Kopf.

»Nein, es kursiert viel Halbwissen. Kommen sie doch nächste Woche gemeinsam in meine Sprechstunde.«

Wir schauen uns an, während die Ärztin sich der nächsten Patientin widmet.

Auf dem Weg zurück zum Bahnhof will meine Mutter einen Umweg machen über die Einkaufsstraße. Wir gehen in ein teures Drogeriegeschäft. Sie kauft sich einen Kajal und einen hellroten Lippenstift. Ich habe sie noch nie geschminkt gesehen. Die Verkäuferin will ihr eine Wimperntusche verkaufen. Meine Mutter lacht der Verkäuferin ins Gesicht.

»Was soll ich damit? Meine Wimpern sind ausgefallen von der Chemo, schauen Sie mal!«

Sie streckt ihren Hals und kommt der Verkäuferin mit ihrem Gesicht ganz nahe. Die Verkäuferin beginnt zu stottern. Sie legt unzählige Pröbchen von Cremes und Parfüms zu unserem Einkauf, bevor wir das Geschäft verlassen.

Es poltert an der Tür. Johanna schrickt im Bett auf. Sie weiß sofort, dass die Männer zurück sind. Rexi springt bellend und kratzend an der Haustür hoch. Johanna schlüpft in den Morgenmantel, wirft einen Blick auf Arno. Ihr Bub liegt zusammengerollt auf der anderen Seite des Ehebetts, den Daumen im Mund, die Augen schreckweit geöffnet. Sie sieht, wie sein kleiner Körper heftig bebt.

Johanna lässt die wild bellende Rexi toben. Es hämmert an der Tür. Sie löst die Riegel. Rexi schießt zur Tür hinaus, zwischen den drei Beinpaaren hindurch, in den Garten und wieder zurück. Das Tier stellt sich neben Johannas Füße. Es ist dunkel draußen, trotzdem sieht Johanna die Umrisse ihres Marillenbaumes, dessen Blätter sich im lauen Nachtwind sanft hin- und herbewegen.

Mit kraftvollen Schritten dringen die drei Männer sofort ins Haus. Einer schiebt Johanna zur Seite. Sie hält die Luft an. Ein anderer gibt Rexi einen Tritt. Der Hund verkriecht sich winselnd in eine Ecke.

Die Männer zerren Johannas Eltern aus ihren Betten.

»Nein! Weg mit euch!«, brüllt ihr Vater.

»Nicht meine Eltern! Lasst sie in Ruhe! Sie haben nichts getan!« Johanna schreit, hält ihre Mutter umschlungen.

»Nicht, lasst mich!«, bettelt die Mutter.

Die Männer antworten laut auf Slowenisch. Johanna packt einen der Männer am Arm, er schüttelt sie ab. Es bleibt Johannas Eltern keine Zeit, sich etwas überzuwerfen. Die Mutter findet ihre Schuhe nicht. Einer zieht sie an den Haaren aus dem Schlafzimmer. Die Mutter stolpert, verliert einen ihrer Schlapfen. Der Vater eilt der Mutter hinterher, versucht sie von den Männern wegzuzerren. Es gelingt ihm nicht. Er fasst ihre Hand.

Draußen steht ein Auto mit laufendem Motor. Der dritte Mann drückt Johannas Eltern unsanft auf die Rückbank. Johanna schließt die Wirtshaustür hinter sich, noch bevor das Auto losfährt. Sie drückt ihre Stirn an das Holz des Türstocks, sie zittert am ganzen Körper.

Johanna ist sich sicher, ihre Eltern lassen einander nicht los, schauen zum Fenster raus, sehen das Dorf an ihnen vorbeiziehen, gleiten durch die Nacht, über den Boden, der einmal ihnen gehört hat und der ihnen nun entzogen wird.

Johanna weint bitterlich, bekommt vor lauter Schluchzen kaum mehr Luft, beißt sich auf die Lippen, bis sie Blut spürt. Sie wird ihre Eltern nie wieder sehen.

Ich bin neun Jahre alt und wir fahren nach Kärnten zu Omi und Opi. Wenn ich auf der Raststätte allein aufs Klo gehe, habe ich keine Angst, das Auto nicht mehr zu finden. Es ist orange. Ich sehe nie andere orange Autos. Anna hat mir Geschichten erzählt von Kindern, die an Raststätten vergessen wurden. Oder ausgesetzt.

Die Fahrt nach Kärnten dauert unendlich lange. In meinen Händen halte ich einen Plastiksack. Immer wieder nähere ich ihm mein Gesicht. Der Geruch des Materials allein verursacht mir schon Übelkeit. Er erinnert mich an die Autofahrten nach Kärnten letzten Sommer. Und vorletzten Sommer. Und all die Sommer davor. Mir wird noch in der Schweiz das erste Mal schlecht und ich kotze in den Plastiksack. Ich darf vorne auf dem Beifahrersitz neben Papa sitzen und muss zum Fenster rausschauen. Dort wird mir weniger schlecht.

Papa kann viele Stunden Auto fahren, ohne dass ihm dabei langweilig wird. Mama sitzt hinten neben Anna. Meine Schwester will auch vorne sitzen. Nur ich habe Reiseübelkeit.

Den Walkman müssen Anna und ich uns teilen. Wir haben beide unsere eigenen Kassetten. Ich höre Roy Black und singe mit. Ich weiß, dass der Wörthersee nicht weit vom Dorf meiner Großeltern entfernt ist. Einige Zeit kann ich ruhig Musik hören, schaue zum Fenster raus und freue mich aufs Baden im See. Meine Mutter war in Roy Black verliebt, bevor sie Papa kennengelernt hat. Anna boxt in die

Rückseite meines Sitzes, wenn ich singe. Mama klopft ihr auf die Hand.

Omi erwartet uns vor der Tür ihres ehemaligen Wirtshauses. Jetzt ist es einfach ihre Haustür. Sie trägt ein Arbeitskleid und eine Schürze darüber und ihr kurzes, silbernes Haar ist gekämmt. Vielleicht schaffe ich es diesen Sommer einmal, es anzufassen und rauszufinden, ob es wirklich Haare sind oder doch Draht. Omi freut sich sehr, dass wir kommen. Blitzi hüpft bellend um unser Auto herum und schlüpft zwischen unseren Beinen hindurch. Mama hat Angst vor dem Hund. Omi sperrt ihn in den Garten. Er bellt noch wilder.

Anna verzieht sich sofort in ihr Zimmer. Ich trage meine Tasche in das Zimmer, das ich mit Mama und Papa teile. Manchmal darf ich allein im Dachkämmerchen übernachten. Dort habe er als Kind geschlafen, hat Papa mir erzählt. In der Kammer ist nur Platz für ein Bett. Links und rechts ist die Decke abgeschrägt. Diesen Sommer kann ich noch darin stehen.

Beim Abendessen ist auch Tante Frieda dabei. Die Küche und das Esszimmer befinden sich im gleichen Raum. Er ist groß und der Herd und der Backofen sind sehr alt. Omi sagt, sie wolle keine neue Küche, sie könne in dieser wunderbar kochen, und das finde ich auch. Ich mag alles, was Omi kocht. Ich kenne auch ihre geheime Gummibärchenschublade. Omi hat Knödel zubereitet. Alle mögen Knödel. Omis Knödel sind mit Marillen gefüllt und in jeder Marille steckt ein Würfelzucker. Ich durfte auch schon welche mit ihr machen. Über die Knödel gehört zerlassene Butter aus einem Pfännchen und Zimt und Zucker aus einem klebrigen Glasschälchen.

Die Erwachsenen unterhalten sich. Ich bekomme ein

Glas Omi-Saft. Der heißt so, weil Omi ihn aus den Ribiseln aus ihrem Garten selbst macht. Ich trinke das Glas in zwei Zügen leer. Ich langweile mich, weil ich nicht verstehe, worum es in der Unterhaltung geht. In der Schule lernen wir Hochdeutsch, das kann ich schon ganz gut. Alle hier reden so wie Papa. Aber es ist doch irgendwie anders.

Meine Oberschenkel kleben auf dem Holzstuhl. Es ist auch abends noch immer heiß. Wenn ich meine Beine anhebe, gibt es ein Schmatzgeräusch. Es tut ein bisschen weh, wenn sich die Haut vom Holz löst. Papas T-Shirt hat dunkle Ringe unter den Achseln, Mamas Oberteil hat einen langen dunklen Schatten auf dem Rücken.

Eine Fliegenklatsche liegt auf dem Fensterbrett. Auf dem Boden unter dem Fenster liegen ein paar tote Fliegen. In dem Plastiknetz der Klatsche kleben versehrte Fliegenkörper. Ich fuchtle mit der Klatsche in der Luft herum. Mama verbietet mir, das Ding anzufassen. Ein paar Fliegen schwirren über den Töpfen und um unsere Köpfe.

Mama isst nur einen halben Knödel. Jeder Knödel ist so groß wie Papas Faust. Anna geht in ihr Zimmer, als ihr Teller leer ist. Ich gehe im Esszimmer herum und versuche, die Fliegen mit der Hand zu fangen. Ich fange keine einzige. Blitzi folgt mir auf Schritt und Tritt und knurrt, als ich mich der Tür zum Wohnzimmer nähere. Sie legt sich vor die Tür, rollt sich ein und steckt ihre lange Schnauze unter ihren Hinterlauf. Mit einem Auge beobachtet sie mich. Mit den Ohren wedelt sie eine Fliege weg. Sie hört erst auf zu knurren, als ich mich wieder von der Tür entferne. Ich weiß, was hinter der Tür ist. Dort sitzt Opi auf dem Sofa und schaut fern. Am ersten Abend kommt er nie raus.

Ich sehe Opi am nächsten Tag. Blitzi schläft in der Sonne vor Opis Häuschen im Garten. Diesen Sommer werde ich mich reinschleichen, nehme ich mir vor. Ich werde beobachten, wo Opi den Schlüssel versteckt. Der Hund springt auf, als er aus der Tür tritt. Er zieht die Hosenträger zurecht, die um seinen Oberkörper schlackern, kratzt sich am kahlen Kopf, blinzelt in die Sonne. Er sieht zehn Jahre älter aus als letzten Sommer. Das denke ich jeden Sommer. Seine Brille hat ein dickes, schwarzes Gestell. Er ist der älteste Mensch, den ich kenne. Ich stehe nur wenige Meter von ihm entfernt. Es dauert einige Sekunden, bis er mich sieht. Er runzelt die Stirn und seine Augen blitzen mich an. Er macht einen Schritt rückwärts. Er stößt gegen das Bänkchen neben der Tür und flucht. Ich lache. Ich habe mir schon überlegt, wohin ich renne, falls Opi versucht mich zu erwischen. Im schlimmsten Fall könnte ich schreien. Dann würde Papa gleich kommen. Opi steht wieder still und betrachtet mich. Ich strecke ihm die Zunge raus.

»Du bist klein und dick«, sagt er. Diese Wörter verstehe ich.

»Und du bist alt und hässlich«, rufe ich und spurte über das Karottenbeet zum Haus.

Ich stehe nackt vor dem Spiegel im Bad. Ich frage mich, ob dieser Körper, mein Körper, gut genug ist. Ich suche Stellen, die es mir beweisen. Ob es möglich sein wird, ihn zu akzeptieren, irgendwann, frage ich mich. Er verändert sich dauernd, innen und außen. Manchmal, weil ich es will, manchmal scheint er mir unkontrollierbar zu sein. In den vergangenen Jahren wurde er mal rund und weich oder er schrumpfte und verschwand fast. Wenn ich dick bin, fühle ich mich überall im Weg, stoße alles runter von Tischen und störe andere damit. Wenn ich dünn bin, gibt es mich kaum mehr. Je länger ich meinen Körper im Spiegel anschaue, desto fremder kommt er mir vor.

Ich betrachte meine Brüste. Den Bereich meines Körpers, der bei Mama jetzt versehrt ist. Ich mag meine Brüste. Sie sind empfindlich. Es ist schön, sie zu streicheln. Im Spiegelbild hängen sie gefühlslos an meinem Körper. Ich könnte ohne sie leben, beschließe ich. Ich winkle den linken Arm an und lege die Hand in den Nacken. Ich schließe die Augen. Mit der rechten Hand berühre ich meine Achselhöhle, taste mich mit drei Fingern vor. Die linke Brust liegt nun in meiner gewölbten Hand. Wahrscheinlich müsste ich fester drücken. Ich spüre, wie die Haut hier wärmer und weicher ist als an anderen Stellen meines Körpers. Ich öffne die Augen. Ich stehe sehr gerade da. Meine Schultern sind waagrecht, die Schlüsselbeine sind an ihren Konturen zu erkennen. Es gefällt mir besser, wenn sie herausstechen, sich unter dem T-Shirt abzeichnen. Auch bei den Hüftknochen finde ich das schön. Ein bisschen zumindest.

Einmal die Woche spiele ich Volleyball im Verein. Nach dem Training stelle ich mich unter die Dusche mit dem Gesicht zur Wand. Hin und wieder drehe ich mich auf die Seite, um meine Teamkameradinnen zu beobachten. Einige rasieren sich die Schamhaare an den Seiten und lassen einen schmalen Streifen stehen. Andere rasieren sich alles weg. Das sieht aus wie bei kleinen Mädchen. Manche lassen ein kleines Feld Haare stehen, unten, wo das Geschlecht schon fast verdeckt wird von den Oberschenkeln. Das nenne ich heimlich »Ziegenbärtchen«. Ich muss mir das Lachen verkneifen, wenn ich so ein Ziegenbärtchen sehe.

Jede lügt, die sagt, sie schaue nicht. So wie jede, die sagt, dass sie ihren Körper mag. Die, die einen Freund haben, erzählen von dessen Vorlieben. Von hinten oder in den Mund. Die, die keinen Freund haben, erzählen von ihren Verabredungen. Wenn du willst, dass er dich wiedersehen will, darfst du frühestens nach dem dritten Date mit ihm ins Bett. Wenn er dir egal ist, kannst du machen, was du willst. Wenn du mit zu vielen Männern schläfst, bist du ein Flittchen. Wenn dir Sex Spaß macht, bist du eine Nymphomanin. Wenn dir Sex keinen Spaß macht, bist du frigide. Die meisten wollen einen Freund. Die meisten schlafen nach ein paar Verabredungen mit ihm. Die meisten finden Sex dann schön, wenn er schnell vorüber ist.

Ich umfasse meine beiden Brüste mit überkreuzten Armen, drücke sie nach oben für ein volles Dekolleté. Ich drehe den Körper leicht und betrachte mich über die Schulter im Spiegel. Ich löse meine Arme und mein Busen sackt ab. Ich glaube nicht, dass mein Körper jemals einen anderen in sich wachsen lassen kann. Das Abtasten der zweiten Brust verschiebe ich auf morgen.

Johanna dreht die Flamme unter dem Topf ab und rührt noch etwas weiter. Die Marmelade blubbert. Der Geschmack von süßen Früchten verteilt sich in der Küche und im Gang. Die Birnen sind schon geschält und liegen in Spalten neben dem Herd. Frieda bringt die großen Einmachgläser herein. Sie hat auch schon die Ribiseln vorbereitet. Es sind die letzten des Jahres. Aber eins nach dem anderen, denkt Johanna und drückt Frieda die Kelle in die Hand. Frieda rührt im Topf.

»Schon so spät, sapperlot«, seufzt sie beim Blick auf ihre Armbanduhr. Sie rührt etwas schneller. Frieda steht neben ihr und beobachtet konzentriert jeden ihrer Handgriffe. Sie macht sich Notizen.

Johanna war dabei, als Frieda das Notizbüchlein vom Fleischhauer bekam. Ihre Tochter streichelte liebevoll den schwarzen Lederumschlag und blätterte die dünnen, gelblichen Seiten durch.

»Na, was sagt man da«, ermahnte Johanna ihre Tochter.

Mit geröteten Backen senkte Frieda vor dem Fleischhauer den Kopf und sagte »Danke«.

»Jetzt kannst du dir alles notieren, was du von deiner Mutter lernst«, sagte der Fleischhauer. »Bist ja schon fast so tüchtig wie die Johanna.« Der Fleischhauer lachte und sein Sohn stimmte mit ein.

Johanna bemerkte, wie Frieda den Burschen mit gesenktem Kopf anlächelte.

Ihre Tochter sieht reifer aus, als sie ist, weiß Johanna. Es muss an ihrer Körperhaltung liegen, an ihrer ruhigen Art. Sie flechtet Frieda noch jeden Morgen das rote Haar zu zwei langen Zöpfen, knotet sie mit schwarzen Bändern zu. Die Zöpfe ruhen auf Friedas Rücken, verrutschen kaum einmal, egal welche Arbeit sie verrichtet. Sie soll noch ein paar Jahre warten, findet Johanna, langsam in die Arbeiten reinwachsen. Ob es dann der Sohn vom Fleischhauer oder der vom Bäcker wird, ist ihr einerlei. Tüchtig muss er sein.

Arno, ihr Jüngster, ist vor ein paar Stunden von der Schule nach Hause gekommen. Widerwillig hat er sich an den Küchentisch gesetzt, seine Hefte ausgebreitet. Frieda hat ihrem Bruder einen Teller mit einem Schinkenbrot hingestellt und ihm durchs Haar gewuschelt.

Johanna sieht, wie Arno tagträumt. Sie schnippt ihn wach und hält ihm einen Löffel süße, heiße Marmelade vor den Mund. Arno schleckt ihn ab und fährt danach mit der Zunge mehrmals über seine Lippen.

Johanna erklärt ihrer Tochter am Herd nicht viel, sie hat selbst auch alles durchs Zuschauen gelernt. Bis Frieda ihren eigenen Haushalt führt, wird sie alles Nötige wissen. Den Rest findet sie dann selbst heraus.

Johanna zögert. Sie wünscht sich ja eigentlich, Frieda solle es einmal leichter haben als sie. Sie stellt sich neben Frieda, führt sanft ihr Handgelenk bei der Rührbewegung.

Aus dem Hof dringen schwere Schritte in die Küche. Alle erkennen den Takt der Schritte des Vaters. Alle wissen, wie sein Kommen und Gehen klingen. Der Stift in Arnos Hand friert ein. Die Kelle in Friedas Hand, die eben noch im Topf gerührt hat, stockt. Johanna zählt die Schritte stumm mit.

»Wisst ihr, was der Fleischhauer gestern getan hat? Also der ist wirklich patschert!« Johanna beginnt zu plaudern.

Frieda und Arno schauen ihre Mutter mit geweiteten Augen an.

»Na, wisst ihrs? Natürlich nicht, ihr wart ja nicht hier.«

Johanna plappert, sucht Wörter in ihrem Mund, redet einfach immer weiter und wird immer lauter. Die Schritte sind jetzt sehr nahe. Johanna merkt, wie Frieda den Atem anhält.

»Der ist so unglaublich trottelig, ist im Hof auf ein Küken draufgetreten! Vielleicht war ihm sein Bauch im Weg und er hat es nicht gesehen, ist einfach draufgetrampelt. Den hab ich schön geschimpft! Und die Rexi hat getan wie wild.«

Als Johanna Luft holt zwischen den Wörtern, ist es still vor der Tür. Sie atmet langsam aus.

»Der Fleischhauer war gestern da?« Frieda räuspert sich.

Johanna klopft Frieda auf die Hand, mit der sie die Kelle führt.

»Weiterrühren!«

Arno lacht. »Der Bauch vom Fleischhauer ist so dick, dass er das Küken nicht gesehen hat?«

»Man lacht niemanden aus, weil er dick ist!« Frieda schimpft ihren kleinen Bruder.

Johanna nimmt die Birnenspalten und steckt sie in die Einmachgläser. Sie will Frieda später loben für ihre Aufmerksamkeit in der Küche und dass sie so brav lernt und dass sie auf ihren kleinen Bruder gut achtgibt. Sie will Arno später loben, dass er so ein lieber Bub ist. Vielleicht lässt sie ihn abends zu sich ins Bett kriechen und Kopfrechnen üben. Heute will Johanna das alles noch tun. Aber zuerst die Birnen, zuerst der Ribiselsaft, zuerst die Marmelade, zuerst das Abendessen.

Ich bin sieben Jahre und platziere das Meerschweinchen auf meinem Bauch. Sein braunes Fell ist glatt. Die Wuscheligen sehen lustiger aus, freundlicher. Meins ist glatt, braun und hat einen weißen Kragen. Es knabbert gerne Karotten und Löwenzahn. Es hat keinen Namen.

Mit diesem Tier wird alles anders, nehme ich mir vor. Es liegt auf meinem Bauch und bewegt sich kaum. Es atmet schnell, sein dicklicher Bauch bläht sich in kurzen Abständen auf. Die runden Augen treten ein wenig aus ihren Höhlen. Ich streichle es langsam mit einem Finger vom Köpfchen bis zum Hinterteil. Es ist warm und sein Fell ganz weich. Die Nase wackelt lustig, wenn es am Löwenzahn knabbert. Ich lege zwei Finger um seinen Hals und drücke etwas zu, dann noch etwas fester, bis es seinen winzigen Mund öffnet. Ich kann darin oben und unten zwei lange spitze Zähne sehen. Die Stelle auf meinem Bauch unter dem Tier wird ebenfalls warm. Das Meerschweinchen strampelt, seine Nägel sind scharf. Ich hebe es hoch und setze es auf meinen Schoß. Auf meinem T-Shirt ist ein feuchter Fleck und kleine längliche braune Köttel purzeln von mir herunter. Ich springe angeekelt auf. Mein Meerschweinchen fällt runter. Erst bewegt es sich nicht. Als ich es packen will, verschwindet es im hohen Gras.

Ich schluchze, als ich die Geschichte beim Abendessen erzähle. Anna schaut zuerst erschrocken, dann kichert sie. Mama räumt die Teller in die Küche. Auf dem Weg in ihr Zimmer flüstert Anna mir »Mörderin« ins Ohr. Sie bleibt neben mir stehen und schiebt nach: »Herzlose Mörderin.« Ich weine.

Nach dem Essen setze ich mich zu Papa und lege meinen Kopf auf seinen Schoß. Er streicht mir sanft darüber.

»Du bist einfach noch nicht reif genug, um auf ein Haustier aufzupassen. Das ist nicht das erste Mal. Wir kaufen dir ein Tier, ich baue einen Stall, wir kaufen Futter und Streu und gehen zum Tierarzt. Und du passt nicht genug auf das Tier auf. Eigentlich ist es meine Schuld.« Ich heule noch mehr.

»Jetzt ist dein Meerschweinchen halt weg. Bitte hör auf zu weinen.«

»Vielleicht können wir es morgen noch einmal suchen, vielleicht ist es noch im Garten?«

»Es wird kalt in der Nacht. Ich glaube nicht, dass das Meerschweinchen …«, sagt Papa und als er mich anschaut, hört er auf zu sprechen.

Mama steht in der Tür.

»Arno«, sagt sie, »kein Haustier mehr, bitte.« Sie verschränkt die Arme vor der Brust und seufzt.

Papa zwinkert mir zu. Am nächsten Tag sucht er mit mir nach dem Tier. Wir finden es nicht. Ich will unbedingt wieder ein Meerschweinchen haben. Ich schniefe und lasse Krokodilstränen über die Wangen rollen. Papa verspricht, dass ich bald ein neues haben darf. Nur nicht schon heute.

Der Chef überreicht Arno sein Zeugnis. Vier Jahre haben sie täglich nebeneinander an der Werkbank gestanden. Arno betrachtet die erste Seite. Er ist jetzt Maschinenschlosser. Fortan kann er sich selbst durchbringen.

»Jetzt bist du frei«, sagt der Chef. »Mach mir keine Schande, Bursch!«

Arno zögert, er schaut zum Fenster raus auf die Straße. Er sieht, wie der Bus sich nähert, hört das Brummen des Motors und wartet auf den Impuls in seinem Körper.

»Na lauf schon, du bist frei! Geh!«, sagt sein Chef, der jetzt nicht mehr sein Chef ist, und stößt Arno Richtung Tür.

»Geh mit Gott, aber geh«, ruft er Arno nach und lacht sein polterndes Lachen.

Auf dem Heimweg im Bus schaut Arno auf die dünne Mappe auf seinen Knien. Seine Wangen sind gerötet vor Aufregung. Die Dörfer ziehen draußen an ihm vorbei. Er kennt die Höfe, die Wiesen und die Kinder, die hier spielen. Er ist hier geboren, seine Erinnerungen erstrecken sich zwischen der Lehrwerkstätte, dem Dorf, in dem die Schule steht, und dem Wirtshaus seiner Eltern. Er denkt, diese Straßen und Häuser, sein Dorf und der Wald, er wird nie etwas davon vergessen können.

Zu Hause streckt Arno der Mutter das Zeugnis wortlos hin. Sie stellt das Schmalzfässchen zurück in den Vorratsschrank, wischt sich die Hände an der Schürze ab und fasst das Papier mit spitzen Fingern an. Sie nickt, lächelt.

»Gut. So ist das also.« Die Mutter schnalzt mit der Zunge und schiebt ihre Unterlippe vor. Sie greift ganz weit nach hinten im Schrank, holt einen Umschlag hervor. Daraus nimmt sie ein paar Geldscheine und gibt sie ihm.

Die Mutter dreht sich zurück zum Herd, die Zwiebeln zischen in der Pfanne. Arno sitzt am Tisch und schaut ihren Rücken an, den Knubbel der zusammengebundenen Schürzenbänder auf Hüfthöhe.

»Und jetzt?«, hört er seine Mutter fragen.

Arno steht auf und tritt ans Küchenfenster. Er nimmt sich eine Zigarette aus der Packung seiner Mutter und zündet sie an. Er beobachtet Frieda im Garten auf dem Liegestuhl. Sie hat die Lehne leicht nach hinten verstellt. Sie liest in einem Buch, das sie gegen die Sonne hält. Ein viereckiger Schatten liegt auf ihrem Gesicht. Seit Frieda mit dem Wiener zurück ins Dorf gekehrt ist und mit ihm hier auf dem Hof wohnt, muss sie sich oft schonen. Die Mutter hat allen verboten, irgendetwas zu tun, was Frieda aufregen könnte. In der großen Stadt habe sie sich einfach zu viel aufgeregt, das sei nicht gut für den Körper. Schon gar nicht für Friedas Körper, der plötzlich so schwach geworden sei die letzten Jahre.

Arno freut sich, wenn er seine Schwester lachen hört. Er weiß nicht mehr, wie oft sie schon ein Kind und damit jedes Mal wieder die Hoffnung verloren hat. Gerade wächst wieder eines in ihr heran und wenn Arno heimkommt, liegt sie entweder im Liegestuhl im Garten oder drinnen auf dem Sofa. Er sieht, wie der Wiener aus dem Gartenhäuschen des Vaters kommt und zu Frieda geht. Arno drückt die Zigarette im Aschenbecher auf der Fensterbank aus, dreht sich zu seiner Mutter um.

»Die Welt sehen, Mutti!« Er umarmt sie stürmisch.

Alles im Flugzeug ist eng. Rosa strahlt. Die Nervosität rauscht ihr durch die Adern und sie will keine Sekunde der nächsten zehn Stunden hier drinnen durch Schlaf verpassen. Ihre schlanken Beine hält sie parallel zueinander, die Knie im rechten Winkel. Den hellblauen Zweiteiler aus Tweed im Stil eines Chanel-Kostüms trägt sie zum ersten Mal. Die Pumps hat sie sich im Schuhgeschäft selbst ausgesucht. Sie seien furchtbar unbequem zum Gehen, aber im Flugzeug spiele das keine Rolle. Maria hat ihr das am Telefon versichert, sie ist schon oft geflogen. Rosas volle braune Haare sind zu einer Hochsteckfrisur drapiert, die Nägel lang und rot. Sie trägt etwas Mascara, etwas Rouge, kontrolliert die Farbe ihrer Lippen in einem Handspiegel. Ihr Sitznachbar schläft bereits.

Als die Maschine abhebt, wird es Rosa mulmig. Sie hat das Gefühl, ihr Magen bleibt unten, als der Rest ihres Körpers sich in ihrem Sitz sehr schnell nach oben bewegt, während sie gleichzeitig in die Rückenlehne gedrückt wird.

»Wir haben die Flughöhe erreicht«, klingt die Stimme des Piloten durch die Lautsprecher. Die Stewardess bringt Rosa einen Campari-Soda. Der Preis ihres Reisegepäcks ist gering im Vergleich zum Preis des Tickets. Ihr Vater hatte dazugelegt. Er findet es wichtig, dass Rosa die Welt sieht, bevor sie heiratet und eine Familie gründet, hat er gesagt. Ihre Schwester in Kapstadt zu besuchen, ist die beste Gelegenheit, findet die ganze Familie. Rosa wäre lieber in die USA gereist.

Rosa schaut aus dem kleinen Fenster auf das Meer unter ihr. Sie blättert eine der Zeitschriften durch, die beim Einsteigen ins Flugzeug verteilt wurden. Ihr Sitznachbar macht sich im Schlaf immer breiter. Immerhin kann er nicht rauchen, wenn er schläft, denkt Rosa. Irgendwann wird das Essen von einer attraktiven Stewardess serviert. Stoffserviette, Porzellanteller, schweres Besteck. Das Essen schmeckt ihr nicht. Sie rührt nichts an und legt die Serviette über den Teller. Ihr ist ein bisschen übel. Sie döst ein.

Als sie die Augen öffnet, ist das uferlose Blau unter dem Flugzeug verschwunden. Was Rosa sieht, ist braun und grün und immer noch sehr weit unten. Hier leben Menschen, mit denen sie nichts gemeinsam hat. Hier leben Millionen von Menschen in Hütten, in Slums, in Barracken, hat sie gehört. Irgendwo da unten lebt Maria, geht es Rosa durch den Kopf. Sie hat ihre Schwester seit zwei Jahren nicht gesehen. Am Telefon erzählt Maria von ihrem Dienstmädchen, der Wohnung, den Schweizern im Club, von ihrem Garten und dem Auto mit Fahrer. Manchmal sagt Marias Mann auch etwas in die Muschel, wenn er zu Hause ist.

»Sie hat gut geheiratet«, sagt ihr Vater immer, nachdem Rosa aufgehängt hat.

Rosa steht draußen vor dem Flughafen, ihre Koffer hat sie rechts und links neben sich abgestellt. Neben jedem Koffer steht ein junger Mann. Beide Männer wollen ihre Koffer tragen, das haben sie ihr signalisiert. Rosa hat schnell ihre Hände auf die Griffe gelegt und den Kopf geschüttelt. Sie muss auf Maria warten. Die Männer sind nett. Sie reden auf Englisch auf Rosa ein. Sie versteht fast nichts. Zwischendurch lachen sie laut. Rosa lächelt. Von vorne nähert sich ein alter Mann. Er sagt etwas und zeigt ihr ein Schild. Er ist Taxifahrer. Rosa schüttelt den Kopf, senkt den Blick auf ihre

Schuhspitzen. Ihre Füße pochen vor Schmerz. Die Pumps schneiden ihr ins Fleisch. Die Sonne brennt. Sie weiß nicht, wie lange sie schon hier steht. Die jungen Männer reden immer noch, sie nennen sie »Miss«. Sie lachen sie aus, denkt Rosa, sie lachen über ihr Kostüm, ihre zu kleinen Pumps, die stämmigen Beine. Ihr Nacken ist nass vom Schweiß, die Tweedjacke des Kostüms viel zu warm, die Bluse klebt schon lange auf ihrer Haut. Ihr ist zum Heulen zumute. Rosa lächelt. Die jungen Männer strahlen sie an.

»Wonderful Capetown!«, sagt der auf der rechten Seite.

»Wonderful Capetown«, murmelt sie.

Papa nimmt mich an der Hand und wir gehen zu Fuß zum Zoohandel. Diesmal will ich ein wuscheliges Meerschweinchen, das steht fest. Im Geschäft schauen wir uns die Tiere an. Papa weist mich darauf hin, dass die Wuscheligen mehr kosten als die Glatten. Ich suche eins aus, zeige mit dem Finger darauf und der Verkäufer nimmt es aus dem Käfig, legt es mir in die Hände, die ich zu einer kleinen Grube forme. Ich halte das Tier vor meinem Bauch und muss kichern. Es sieht so nett und lustig aus mit seinem wuscheligen Fell in drei Farben. Ich schaue Papa an, versuche ein ernstes Gesicht zu machen.

»Bitte, bitte, bitte«, sage ich. Papa bleibt hart. »Ein Glattes oder keins.«

Widerwillig suche ich mir ein Dreifarbiges mit glattem Fell aus. Lieber so eins als gar keins, denke ich. Der Verkäufer packt das Tier in eine kleine Transportschachtel mit Luftlöchern.

»Und, hast du dir schon einen Namen ausgedacht?«, fragt er mich.

Ich schüttle den Kopf. Für das Wuschelige wäre mir bestimmt sofort ein Name eingefallen. Wuschel oder so. Aber für dieses Meerschweinchen, das ausschaut wie das langweiligste Tier auf der Welt, da fällt mir bestimmt keiner ein. Papa bezahlt und wir machen uns auf den Heimweg.

»Freust du dich?«

»Ja, danke«, sage ich und schaue auf den Boden.

»Das war ganz vernünftig von dir, dass du das glatte Meerschweinchen ausgesucht hast. Du wirst sehen, bald denkst du gar nicht mehr an das wuschelige. Du darfst nicht vergessen, den Stall auszumisten und das Tier zu füttern. Das sind deine Aufgaben. Und du darfst das Tier nicht freilassen im Garten.«

»Ich weiß«, antworte ich und schniefe ein bisschen.

Papa bleibt stehen und schaut hin und her zwischen meinem Gesicht und der Transportbox. Er seufzt und streicht mir über den Kopf.

Unser Heimweg führt vorbei an dem Stand eines Straßenverkäufers. Wie immer begrüßt Papa ihn. Manchmal spielt der Verkäufer Panflöte, dann klatschen Papa und ich. Der Mann hat einen großen Tisch aufgebaut, der mit schwarzem Samt bespannt ist. Darauf liegen viele wunderschöne Schmuckstücke: Halsketten, Armbänder, Ohrringe. Jedes Mal, wenn Papa und ich hier vorbeikommen, bewundere ich sie von Neuem. Manchmal berühre ich heimlich etwas, wenn der Verkäufer und Papa sich unterhalten. Papa sieht, dass meine Augen funkeln. Er betrachtet den ausliegenden Schmuck.

»Such dir etwas aus«, sagt er und zwinkert mir zu.

Rosa lässt sich in die weichen Sofakissen sinken. Sie streift ihre Pantoffeln ab und legt die Füße auf das Salontischchen. Auf dem Teppich liegen das Sakko und die Krawatte von Marias Mann. Er kommt abends spät heim und verlässt morgens die Wohnung, um im Zentrum von Kapstadt zu arbeiten, lange bevor die beiden Frauen aufstehen.

Die Klimaanlage surrt, aus dem Radio strömt fröhliche Musik. Rosa klingelt noch einmal mit dem kleinen Glöckchen. Normalerweise erscheint das Dienstmädchen schon beim ersten Ton und bringt ihr einen Kaffee. Rosa steht auf und geht in die Küche. Sie weiß selbst, wie man Kaffee zubereitet.

Das dreckige Geschirr türmt sich. Sie fragt sich, wie viele Tage sie das Dienstmädchen eigentlich schon nicht mehr gesehen hat.

»Was machst du denn da?« Maria steht im Morgenrock hinter Rosa. Ihr Gesicht ist noch zerknautschter als Rosas.

»Kaffee. Willst du auch einen?«

»Wo ist das Mädchen?«

Rosa zuckt mit den Schultern. Maria geht ins Wohnzimmer und ruft ein paar Mal ungeduldig nach ihm. Nichts tut sich im Haus. Rosa bringt Maria einen Kaffee.

»So weit sind wir schon gekommen, den Kaffee selbst zu machen.« Maria schüttelt den Kopf.

»Morgen suchen wir das Mädchen. Oder ein anderes, es ist einerlei. Die Angestellten kommen und gehen, weißt du, und manchmal kommen sie halt nicht mehr. Die Gärtner wie die Dienstmädchen.«

Auf dem Weg ins Bad leert Rosa einen vollen Aschenbecher, der in der Diele steht, in den Mülleimer.

Sie steigt in die Dusche. Im Abfluss sammeln sich blondierte und braune Haare, vermischt mit Seifenresten. Das

Wasser läuft noch langsamer ab als sonst. Der Wäschekorb quillt über.

»Wag es ja nicht, aufzuräumen, Rosa!«, schreit ihre Schwester aus dem Wohnzimmer. Rosa lässt die Wäschestücke in ihrer Hand fallen.

Im Tenniskostüm, mit Pferdeschwanz und nur wenig Make-up wartet Rosa auf Maria. Kurz darauf erscheint sie im gleichen Outfit. Marias Fahrer fährt sie mehrmals täglich von der Wohnung zum Klub und zurück. Das sind die beiden Orte, die Rosa bisher hier kennt, Marias Wohnung und den Schweizer Klub.

Als ihre Zeit auf dem Tennisplatz um ist, schauen sie dem Doppel der Männer zu. Rosa setzt sich auf den englischen Rasen neben dem Feld, zieht die weißen Turnschuhe und die Socken aus. Es tut gut, die heißen Füße ins kühle Gras zu stellen.

Müde kommen Maria und Rosa am späten Nachmittag in die Wohnung zurück. Maria nimmt zwei kleine geschliffene Kristallgläser aus der Wohnwand und eine Flasche Weißwein aus dem Kühlschrank. Die Eiswürfel knacken, als Maria die gelbliche Flüssigkeit aus der Flasche in die Gläser schenkt. Die Wohnwand hat Maria aus der Schweiz hierhertransportieren lassen. Nie würde sie sich von ihr trennen, hat sie gesagt. Hier sei so ein Möbelstück unmöglich zu bekommen. Maria leert ihr Glas in einem Zug. Sie geht in ihr Schlafzimmer und kommt mit einem Arm voll bunter Kleider zurück. Eins nach dem anderen hält sie Rosa hin.

Marias Kleider sind eleganter als Rosas. Lange, luftige Kleider in grellen Farben, Jeans mit Schlag, wild gemusterte Tücher. Rosa darf sich alles aussuchen, was sie will.

»Mit dem Deuxpièces kannst du hier gleich eine Stelle als Lehrerin antreten«, lacht ihre Schwester.

Das Leder von Rosas Pumps ist weicher geworden, ihre Füße schmerzen nicht mehr so sehr, als sie am Abend im Schweizer Klub zu ihrem Tisch geht. Und beim Tanzen ist es auch nicht mehr so schlimm. Nach dem Abendessen wird immer getanzt.

Rosa hat ihre Liebe zu Fisch und Meeresfrüchten entdeckt. Jeden Tag isst sie davon. Es gibt immer welche auf der Speisekarte im Klub. Sie hat hier das erste Mal das Meer gesehen, von der Terrasse des Klubhauses aus. Sie kann stundenlang dort sitzen mit einem kühlen Getränk in der Hand und in die wilden Wellen des Ozeans schauen.

Maria fügt sich nahtlos in die Gesellschaften ein. Rosa kommt sich manchmal etwas ungeschickt vor. Ihre Schwester frisiert und schminkt sie beide. Nach dem ersten Glas fühlt sie sich wohler. Hin und wieder probiert sie das Rauchen aus. Es wird ihr jedes Mal schlecht davon.

Es ist nach Mitternacht, als sie zurück in Marias Wohnung kommen. Marias Mann stolpert beim Eingang über einen Damenschuh und flucht laut. Er nimmt auf dem Sofa Platz, zieht seine Schuhe aus und zielt mit einem auf Maria. Er schmeißt ihn absichtlich an seiner Frau vorbei. Maria kichert, Rosa muss auch kichern. Marias Mann geht in die Küche.

»Maria, es gibt kein einziges sauberes Glas mehr. Eine verdammte Sauerei ist dein Haushalt!«

»Dann trink aus der Flasche!«, schreit Maria zurück und lacht dabei laut.

Der zweite Schuh fliegt durch das Wohnzimmer. Diesmal trifft er Maria auf dem Sofa. Rosa hält die Luft an. Marias Mann geht auf ihre Schwester zu, packt sie an den Schultern und schüttelt sie.

»Wenn ich morgen nach Hause komme, blitzt diese Wohnung, verstanden?«

Maria dreht ihren Kopf weg, starrt die Wand an. Ihr Mann lässt sie los, drückt sie an sich, setzt sich wieder.

»Ich kann aufräumen«, flüstert Rosa Maria zu.

Maria zuckt die Schultern, wedelt ihre Schwester mit der Hand weg. »Morgen holen wir uns eine neue Hilfe, mach dir keine Gedanken. Geh ins Bett«, flüstert Maria zurück.

Maria entblößt ihre Schultern vor ihrem Mann, schenkt ihm und sich noch einen Drink ein. Rosa geht in ihr Zimmer, das sauber und aufgeräumt ist. Sie mag es so. Das hat sie von ihrem Vater. Von wem Maria den Hang zum Chaos geerbt hat, hat sich ihre Mutter früher auch schon oft lautstark gefragt.

Meine Freundin und ich sind dreizehn Jahre alt und wir fahren mit unseren Inlineskates durch das Quartier. Ich habe letzte Woche neue zum Geburtstag bekommen. Papa sagt, wenn ich immer gute Noten schreibe, darf ich mir zum Geburtstag alles wünschen, was ich will. Wenn ich eine gute Note nach Hause bringe, sagt er: »Bravo! Ich habe nichts anderes von dir erwartet«, und zwinkert mir zu.

An meinem Geburtstag waren wir noch bei Omi und Opi in Kärnten zu Besuch. Die Sommerferien ziehen sich heiß dahin. Es bleiben noch immer viele Ferientage übrig, bis die Schule wieder beginnt. Ich finde die Ferien noch unerträglich viel länger als die vor einem Jahr, weil ich nach diesen Ferien auf eine neue Schule gehen werde. Ich kann es kaum erwarten. Ich träume fast jede Nacht davon.

Auf die Schule gehen nur Mädchen und ich wünsche mir seit der dritten Klasse, dorthin zu dürfen. Auch Mama wollte schon immer, dass ich auf die Mädchenschule gehe.

Anna kennt einige der Mädchen. Sie erzählt mir, sie seien größere Schlampen als die von anderen Schulen.

»Weil sie den ganzen Tag keine Jungen sehen, sind die so richtig ausgehungert. Du wirst schon sehen.«

Ich glaube, eine Schlampe ist ein Mädchen, das keine guten Noten schreibt, weil sie keine Zeit hat zu lernen, weil sie anderen Mädchen die Jungen klaut. Oder weil sie Drogen nimmt und raucht. Und irgendetwas mit Sex hat es zu tun. Meine Schwester sagt, ich würde auch so werden, sobald ich dort zur Schule ginge. Ich will ihr kein Wort glauben. Ich will auf der neuen Schule neue Freundinnen finden und nur gute Noten schreiben.

Meine Freundin und ich kurven durch das Quartier und stecken uns Gänseblümchen in die Haare. Wir wickeln uns gegenseitig buntes Garn um eine Haarsträhne und wenden eine Knüpftechnik an, damit das Garn hält. Meine Freundin kann es viel besser als ich. Ich möchte dieses Accessoire bis nach den Ferien behalten, um es meinen neuen Freundinnen zu zeigen. Bis dahin muss ich von ihr lernen, wie das geht, weil ich sie danach nicht mehr so oft sehen werde. Sie muss auch im Sommer um sechs zu Hause sein. Dann essen sie zu Abend.

Wenn ich Mama frage, wann ich zu Hause sein muss, antwortet sie: »Dann, wenn die anderen Kinder heimgehen.« Ich möchte aber auch eine feste Uhrzeit, wann ich zu Hause sein muss. Mama lacht und sagt: »Gut, in den Sommerferien musst du spätestens um acht Uhr zu Hause sein.«

»Aber dann sind ja alle anderen Kinder schon längst weg.«

»Dann kommst du eben früher.«

Heute ist mir schon den ganzen Tag schlecht. Ich habe meiner Freundin nichts davon erzählt. Sonst sagt sie, ich solle heimgehen. Ich mochte kein Mittagessen heute. Mein Rücken und mein Hintern tun weh, als ob ich hingefallen wäre. Aber ich bin nicht hingefallen. Wir legen uns in die Wiese und meine Freundin erklärt mir noch einmal die Knüpftechnik.

»Du musst schauen, so musst du es machen, schau.«

Sie wickelt das Garn enger um eine Haarsträhne. Ich kann nicht hinsehen. In meinem Bauch rumort es. Irgendetwas ist komisch. Es muss mich eine seltene Krankheit befallen haben, denn es zieht und drückt in meinem Bauch ganz tief unten. Es tut sehr weh. Es fühlt sich so an, als ob ein Messer in mir drinsteckte und gedreht würde.

Vielleicht liegt es daran, dass ich beim Schwimmen immer zu lange im Wasser bin. Oder weil der Sattel von meinem Fahrrad zu hoch ist. Von dort, von zwischen meinen Beinen, scheint der Schmerz zu kommen. Vielleicht kommt er auch daher, weil ich da unten mal reingeschaut habe. Man sieht kaum etwas, egal wie sehr man sich verkrümmt. Ich habe einen Finger reingesteckt, das hätte ich nicht tun dürfen, bin ich jetzt überzeugt. Ich werde es nie mehr machen, wenn nur diese Schmerzen weggehen würden. Meine Freundin steht auf und zieht sich die Skates wieder an. Ich ziehe meine auch an und sage, ich müsse nach Hause.

»Jetzt schon?«

»Ja, heute schon«, lüge ich.

Mama ist nicht zu Hause. Ich gehe ins Bad. Der Schlüssel fehlt schon lange, weil Anna sich oft eingeschlossen hat und dann stundenlang keiner auf die Toilette konnte. Ich setze mich aufs Klo. Ich sehe Blut in meiner Unterhose. Meine Oberschenkel sind ganz braun und meine Finger jetzt auch und sogar das Wasser im Klo. Ich starre auf meine Unterhose, habe einen Kloß im Hals.

Plötzlich steht Mama im Bad, ich habe sie nicht kommen hören. Sie schaut mich an, begreift sofort. Sie holt aus dem Badezimmerschrank eine Binde. Die sieht aus wie ein längliches Stück Watte, mit löchrigem Plastik überzogen, riesig und dick. Mama gibt mir eine frische Unterhose und legt die Binde hinein. Es fühlt sich an, als ob ich eine Windel anhätte. Bei jedem Schritt knirscht es zwischen meinen Beinen und ich prüfe dauernd, ob die Binde nicht verrutscht und wie viel Blut da ist. Mama sagt, ich sei jetzt eine Frau und Frauen hätten drei Löcher. Ich schaue auf die Fliesen dabei. Manchmal nicke ich. Sie sagt, ich müsse ihr jeden Monat sagen, wenn ich blute, und sie schreibe es auf. Das müsse man als Frau tun.

»Was, jeden Monat?«, frage ich tonlos.

Sie lacht. »Du kriegst deine Tage jetzt ungefähr jeden Monat. Vielleicht am Anfang noch nicht genau alle drei Wochen, das macht nichts, das wird sich einpendeln.«

»Alle drei Wochen?«, flüstere ich, es wird alles immer schlimmer.

»Es ist nicht so schlimm, wie du jetzt denkst.«

Irgendwann werde sie mit mir zum Arzt gehen, erklärt sie mir.

Ich wusste ja, dass ich krank bin, denke ich. Sie gibt mir eine halbe Tablette gegen die Schmerzen und eine Wärmflasche auf den Bauch, macht mir einen Tee und bringt ihn mir zum Sofa. Vielleicht geht es allen Mädchen so, bevor sie in die Oberstufe kommen. Aber meine Freundin hätte mir doch davon erzählt. Ich werde also auch niemandem davon erzählen. Niemand soll wissen, dass ich das habe.

Ich erinnere mich plötzlich, dass ich schon mal etwas darüber gelesen habe. Ich dachte nicht, dass mich das etwas angeht. Wenn ich herumschreie, sagt Anna: »Es sind die Hormone. Typisch Frau.«

Am Abend kocht meine Mutter Spaghetti mit Tomatensauce und ich esse allein am Tisch. Alle sind irgendwo anders. Als mein Vater nach Hause kommt, setzen sich meine Eltern zu mir. Sie trinken ein Glas Wein.

»Gratulation! Jetzt habe ich zwei erwachsene Töchter im Haus!« Mein Vater prostet mir zu. Ich kann den Stolz in seinem Blick nicht einordnen. Ich schaue meine Mutter böse an. Wie konnte sie das nur ausplaudern.

»Jetzt schau doch nicht so böse«, sagt sie.

Meine Eltern stoßen an und lächeln sich zu. Die Weingläser klingen. Ich sehe nur die Spaghetti mit Tomatensauce auf meinem Teller. Ich schaufle sie in meinen Mund und kaue ganz langsam. Bevor er leer ist, stecke ich wieder Spaghetti hinein. Sie knäueln sich im Rachen und drücken von innen gegen den Hals. Das Schlucken tut weh. Die Blicke meiner Eltern sind erwartungsvoll. Ich achte darauf, dass mein Mund immer voll ist.

Der Fahrer hält das Auto an, starrt aus dem Fenster. Maria bearbeitet ihn zuerst mit Worten, dann hält sie ihm einen Geldschein hin, dann flucht sie. Er umfasst mit beiden Händen das Lenkrad, blickt aus dem Fenster, wiegt den Kopf hin und her.

Die Schwestern müssen zu Fuß gehen. Der Fahrer wartet im Wagen. Maria und Rosa steigen aus dem gekühlten Auto. Die Hitze trifft Rosa wie ein Schlag ins Gesicht. Sie folgt Maria stolpernd über die ungeteerte Straße auf die Hütten zu.

Zum zweiten Mal sind Maria und Rosa in dieser Gegend von Kapstadt. Natürlich weiß Rosa, dass es nicht in der ganzen Stadt so aussieht wie dort, wo Maria lebt. Auf dem Weg vom Flughafen zu ihrer Wohnung hat sie mehr gesehen als ihr lieb ist. Kinder, die auf die Straße urinieren. Einen alten Mann, der im Abfall wühlt. Einen jungen Mann, der an der Ampel die Scheibe ihres Autos putzt. Ein Mädchen, das eine Pistole mit Zeigefinger und Daumen mimt, damit auf ihr Auto zielt. Eine hochschwangere Frau in Lumpen am Straßenrand. Die einzigen Einheimischen, die Rosa kennt, arbeiten im Klub oder in den Häusern der Leute. Sie sind Putzfrau, Gärtner, Kindermädchen, Köchin. Manche sind alles gleichzeitig.

Maria klopft an einige Türen. Rosa wartet vorne an der Straße.

»I need a help, for the house«, sagt Maria. Sie wiederholt den Satz, fragend, bestimmt, immer lauter, immer verzweifelter, immer wütender. Nach einer Weile kommt sie zurück zu Rosa. Eine junge Frau mit gesenktem Blick folgt ihr. Rosa lächelt die junge Frau an, sagt »Hello«. Die Frau hebt den Blick und lächelt auch.

»Ich gebe ihr Arbeit«, sagt Maria, »hier brauchen alle Arbeit. Und wir bezahlen besser als die anderen. Jetzt schau nicht so, girl! I have work for you, money!«

Der Fahrer startet den Wagen. Zu viert fahren sie zurück in Marias Wohnung.

Es ist noch nicht ganz Sommer. Ich gehe um das Haus meiner Eltern. Als ich um die Ecke biege, sehe ich Anna. Selbst aus einigen Metern Entfernung erkenne ich, wie blass sie ist. Sie sitzt auf dem Liegestuhl. Eine aufgefaltete

Wolldecke liegt über ihren Knien. Sie schiebt sich die Sonnenbrille von der Stirn über die Augen, als ich die Wiese betrete.

Ich begrüße sie mit einem Kuss auf den Scheitel. Meine Mutter trägt Schüsseln und Teller und Flaschen nach draußen, platziert alles auf dem langen Gartentisch. Mein Vater steht schon seit Stunden am Grill. Er stochert in der Glut, legt etwas Holz oder Kohle nach. Er blättert in der Zeitung, die auf dem Sitzstein neben dem Grill liegt, nimmt einen Schluck Bier aus der Flasche und verschwindet hinter dem Haus. Er kommt zurück und stochert wieder im Grill.

»Jetzt ist die Glut perfekt«, ruft er und ich hole die Bratwürste aus der Küche. Er legt sie auf den Rost und wir schauen zu, wie sie langsam auf jeder Seite braun werden und aufplatzen.

Meine Mutter hat den Tisch gedeckt, ein weißes Tischtuch und Servietten mit Blumen. Der Kirschbaum blüht ebenfalls weiß. Bald wird er seine Blüten abwerfen. Dann ist es, als ob es schneite.

Mein Vater ruft »Würste!« und ich nehme Platz am Tisch. Meine Mutter schöpft allen Kartoffelsalat, mein Vater legt die Würste daneben. Ich fange sofort an zu essen. Anna dreht ihren Kopf weg.

»Anna, du musst wieder zu Kräften kommen. Iss was.« Meine Mutter beobachtet Anna besorgt, hat selbst auch noch keinen Bissen runtergebracht. Wir schweigen.

»Ich hab mal gelesen, also vielleicht gibt es auch so etwas wie eine natürliche Entscheidung der Natur.« Anna spricht leise.

Ich konzentriere mich auf das Ketchup auf meinem Teller. Ich höre meinen Vater kauen. Er geht zum Grill und dreht die Maiskolben.

»Vielleicht kann ein Baby im Bauch von manchen Frauen einfach nicht wachsen, weil sie oder ihr Mann nicht dazu bestimmt sind, Eltern zu sein«, fährt Anna fort.

»Anna!«, zischt meine Mutter.

Anna beginnt zu weinen.

»So ein Körper ist halt nicht nur Biologie und Wissenschaft«, schluchzt sie. »Eierstöcke und Eier und Gebärmutter wissen manchmal mehr als ein Mediziner, das ist nicht nur ein Gebärapparat. So ein Fötus kann schon spüren und versteht mehr, als wir glauben.« Anna hat laut gesprochen, jetzt vergräbt sie ihr Gesicht in den Händen.

Ich lege meine Hand auf ihren Rücken. »Es wird schon noch klappen.« Mir fällt einfach nichts Besseres ein.

Meine Mutter stellt die Schüssel Kartoffelsalat, aus der sie uns nachgeschöpft hat, mit einem Knall zurück auf den Tisch. Ich zucke zusammen. Anna ergreift ihre Gabel und schiebt sich ein Stück Wurst in den Mund. Ich beobachte sie, sie kaut ganz langsam.

»Und du?« Meine Mutter schaut mich an.

Das Stück Wurst in meinem Mund ist viel zu heiß. Ich fächle Luft in meinen offenen Mund.

»Und ich was?« Es klingt unverständlich mit einem Stück Wurst im Mund.

Sie verdreht die Augen. Ich verdrehe die Augen.

»Wir besichtigen morgen ein Haus«, bringe ich hervor, als ich runtergeschluckt habe.

Sie macht große Augen, dann lächelt sie.

»Das ist aber toll!«

Ich zucke mit den Schultern.

Mein Vater schaut sich im Garten um und an der Fassade des Hauses hoch.

»So ein Haus ist vor allem viel Arbeit.«

»Und viel Freude, Arno! Ein Garten, wo die Kinder spielen können, eigenes Gemüse und schöne Blumen«, zählt meine Mutter auf.

»So ein Haus ist sein Traum«, erkläre ich und nehme einen großen Schluck Wasser. Mein Mund fühlt sich wund an.

»Die letzte Wurst!« Mein Vater schießt hoch und hastet zum Grill. Die Wurst ist schwarz wie ein Stück Kohle.

Arno spürt den warmen Waldboden unter seinen nackten Füßen. Er hüpft an den Bäumen vorbei, den Blick in die Kronen gerichtet, fokussiert alles, was sich in den Ästen bewegt. In der einen Hand baumelt seine Steinschleuder, die andere Hand spielt mit den Steinen in seiner Hosentasche. Arno klettert auf einen der Hochsitze des Vaters und behält eine Amsel ganz genau im Auge. Die Amsel pickt etwas vom Waldboden auf. Eine Katze nähert sich von der Wiese. Mit angespanntem Körper schleicht sie sich heran. Gleich prescht sie vor und stürzt sich auf den Vogel. Arno kramt in seiner Hosentasche, platziert einen Stein im Gummi der Steinschleuder. Er trifft immer sein Ziel. Der Stein landet wenige Zentimeter hinter dem Vogel. Der flattert auf und fliegt davon. Die Katze setzt sich auf ihr Hinterteil und leckt sich die Pfoten.

Kurt steht unten am Hochsitz und rüttelt an der Leiter.

»Komm runter, Arno, ich hab eine Idee!«

Kurt geht nicht so oft in den Wald wie Arno. Kurts Vater ist nicht zurückgekommen aus dem Krieg. Arno beneidet Kurt darum. Kurts Mutter ist Näherin und sein Bruder verdient auch schon Geld. Wenn Kurt mit ihm im Wald ist, vergeht die Zeit besonders schnell. Arno kann Kurt immer überzeugen, noch ein bisschen zu bleiben. Und dann noch ein bisschen. Dann ist es dunkel, wenn sie zu Hause ankommen.

»Lass uns Krieg spielen«, schlägt Arno vor.

Die Jungen basteln Waffen aus Ästen und Steinen, verstecken sich in den Gebüschen und versuchen einander mit den Geschossen zu treffen. Wenn einer hinfällt und sich nicht mehr bewegt, ist er tot oder er inszeniert einen Hinterhalt.

»Oder vielleicht gibt es irgendwo wilde Erdbeeren«, schlägt Arno vor, als Kurt zögert.

»Ich dachte, vielleicht könnten wir schauen, was aus der toten Katze geworden ist, die wir vergraben haben«, sagt Kurt. »Ob das stimmt, was die Leute sagen, dass sie in den Himmel kommt und so.«

»Das trifft doch nur auf Menschen zu.«

»Das können wir ja jetzt rausfinden.«

Arno und Kurt laufen durch den Wald. Kurt fällt hin, er ist ungeschickt. Arno lacht ihn aus. Arno kann länger und schneller durch den Wald laufen und wendiger durch das Dickicht kriechen. Die Buben machen eine Pause bei dem Stapel mit den Baumstämmen. Ganze Baumstämme, der Länge nach aufgeschichtet, ohne Wurzeln und Kronen. Arno klettert auf die Stämme und am obersten Punkt streckt er Kurt die Zunge raus, dreht sich um die eigene Achse, schwenkt seine Hüften und singt mit verstellter Stimme ein Lied, das die Männer am Vorabend im Wirtshaus gesungen haben. Kurt lacht ihn aus und Arno lacht mit. Dann laufen die beiden weiter. Die Stelle ist nicht markiert, aber sie finden sie sofort. Zehn Schritte ostwärts, von der abgestorbenen Tanne aus. Kurt fängt sofort an mit seinen Händen in der Erde zu schaufeln. Die Katze ist nicht sehr tief vergraben. Schon nach wenigen Minuten kommt ein Knöchelchen zum Vorschein. Arno nimmt es zwischen zwei Finger.

»Vielleicht ein Unterschenkelknochen.«

Er schabt die Erde sorgfältig mit den Handflächen ab. »Oder ein Rippchen?«

»Quatsch, die Rippen sind gebogen. Dieser Knochen ist doch ganz gerade.«

Kurt springt plötzlich auf.

»Es ist noch alles da, schau!«

Die Buben entdecken ganz viele weitere gelbliche Knochen im Erdloch. Um sie herum ein paar Maden und Käfer, die sich eilig tiefer in die Erde bohren. Arno erinnert sich an den Anblick der Katze und ihre klagenden Laute. Es war magisch und abstoßend zugleich. Sie hat sich gewehrt, hat gekreischt und gekratzt. Kurt weiß von seinem Bruder, wie man auf Katzen schießt. Arno weiß von seinem Vater, wie man ein kleines Tier erlöst, wenn man keine Munition vergeuden will. Man tut es mit einem schweren Stein.

»Also kommen Tiere doch nicht in den Himmel!«, sagt Kurt.

»Glaubst du etwa überhaupt daran, dass irgendjemand in den Himmel kommt? Glaubst wohl auch noch an den Osterhasen, was?«, feixt Arno und rennt davon.

Kurt rast ihm hinterher, über den Waldboden und durchs Dickicht. Die Jungen lachen laut. Kurt imitiert ein brüllendes Tier und trommelt sich auf die Brust. Er stürzt erneut und Arno hilft ihm auf. Bei den aufgestapelten Baumstämmen bleiben sie stehen. Sie legen sich mit dem Rücken auf den untersten Stamm, die Schuhsohlen gegeneinander. Arno überkreuzt seine Arme vor der Brust, schließt die Augen. Heute Abend hat ihm seine Mutter Braten versprochen. Wenn noch etwas aus dem Wirtshaus übrig sei, hat sie gesagt. Arno stellt sich das Fleisch vor, in Sauce, und danach bringt er vielleicht Frieda dazu, ihn ins Bett zu bringen. Und vielleicht liest sie ihm noch eine Geschichte vor.

Kurt steht vorsichtig auf. Er will auch so mutig sein wie Arno. Er balanciert von Stamm zu Stamm, immer höher und höher auf dem Dreieck aus Bäumen. Er kommt oben an, jubelt, dreht sich einmal um die eigene Achse und macht kleine Hopser. Er bemerkt nicht, wie sich ein Stamm unten im Stapel zu bewegen beginnt, wie dieser andere Stämme in Bewegung versetzt. Als Arno erschrocken die Augen öffnet, sieht er, wie Kurt von ganz oben auf den Boden springt. Sein Mund ist zu einem Schrei verzerrt. Arno hört keinen Laut, als der Baumstamm auf ihn zufliegt.

Ich gehe auf dem Kiesweg auf das Einfamilienhaus zu. Es knirscht unter meinen Schuhen, meine Absätze bleiben immer wieder stecken. Schneller zu gehen nützt auch nichts. Eine Reihe Thujen trennt das Grundstück von dem der Nachbarn und schützt mich davor, hier gesehen zu werden.

Vor der Haustür bücke ich mich und stecke meine Hand in den großen Blumentopf mit der Hortensie. Die rotweiße Katze streicht um meine Waden und schaut mich hungrig an.

Mein Handgelenk rotiert im Bauch des Topfes. Ich spüre nasse Erde an meinen Fingerspitzen, den Plastiktopf der Hortensie und ihre zarten Stämmchen. Die Katze kratzt an der Holztür. Ich taste hektischer im Blumentopf herum. Der Schlüssel ist nicht da. Mein Herz klopft wie wild und ich schlucke hart. Ich nehme meine Hand heraus, lege die Handflächen übers Gesicht, plumpse in die Hocke. Es brennt in meinen Augen. In meinem Mund sammelt sich ein Ball aus Spucke.

Ein Auto brummt heran und ich schieße hoch. Ich presse

meinen Körper gegen die Holztür und drücke die Klinke herunter. Mit einem Poltern stehe ich mitten im Wohnzimmer. Irgendwo rauscht Wasser aus einem Hahn. Ich erstarre. Das muss alles enden, denke ich. Nur nicht heute, nicht so.

Ein spitzer Schrei entfährt mir, als ich von hinten umarmt werde. Ich rieche seinen Geruch, sauge so viel ich kann davon durch meine Nase ein.

»Warum kommst du erst jetzt, wir haben doch nicht ewig Zeit.«

Ich spüre seine Erektion an meinem Hintern. Er lacht über meinen Schrei und massiert meine Schultern. Ich drehe mich um. Er küsst meinen Hals und schiebt mein T-Shirt hoch. Ich gehe einen Schritt rückwärts.

»Wir müssen uns woanders treffen. Hier geht es nicht mehr.«

Er streicht mir mit einem Finger über die Wange.

»Du hast da was, halt mal still.« Die Erde aus meinem Gesicht klebt jetzt an seinem Finger. Ratlos schaut er zwischen seinem erdverschmutzten Finger und meinem Gesicht hin und her.

»Du hast gesagt, der Schlüssel liegt in der Hortensie«, murmle ich.

Ich habe die Haustür nicht hinter mir geschlossen. Ein leichter Luftzug streift um meine Waden. Ich krame in meiner Handtasche nach dem Handy. Zwei verpasste Anrufe von M. und nicht mehr ganz eine Stunde Zeit.

Unsere Blicke treffen sich. Ich gehe wieder einen Schritt auf ihn zu, dann noch einen, ziehe die Hände aus seinen Taschen und umfasse sie. Ich umarme ihn und lasse seine Hände dabei nicht los. Als wir uns aus der Umarmung lösen, zieht er mich ins Schlafzimmer. Wir haben Sex auf der Tagesdecke. Ich halte die Augen die ganze Zeit geschlossen, um weder die Kinderzeichnungen noch die Kleidung seiner Frau zu sehen.

»Du hast recht«, sagt er. Wir starren beide auf ein paar farbig gerahmte Bilder an der Wand. »Hier ist keine gute Idee. Sorry.«

»Ist schon gut. Wir finden was Neues.«

»Ich mag nichts hier. Nichts hält mich hier.«

»Nicht mal diese süßen Zeichnungen?« Mein Herz klopft laut.

»Die sind doch schon alt. Das ist alles Vergangenheit.«

Er legt seinen Arm um mich, zieht mich an sich und ich rolle mich auf ihn. Er drückt mich an meinen Schultern nach oben, von sich weg und schaut mich an.

»Und du? Was hält dich?«

»Aua, das tut weh«, sage ich und winde mich aus seinem Griff. Ich küsse ihn mit der Zunge und drücke meinen Unterleib etwas mehr gegen seinen.

»Ich will dich, das weißt du doch.« Meine Stimme kratzt im Hals.

Bevor er etwas antworten kann, mache ich meinen Körper steif.

»Hörst du das? Wie spät ist es?« Ich drehe sein linkes Handgelenk um und schaue auf die Uhr. »Hörst du das Auto draußen? Ist sie das?«

Ich stehe auf, sammle meine Kleidungsstücke vom Boden ein und ziehe mich an. Ich greife nach meiner Handtasche, als er angezogen in der Wohnzimmertür steht. Ich umarme ihn zum Abschied und drücke ihn, so fest ich kann.

Johanna weiß, dass etwas Schreckliches passiert ist, noch bevor Kurt wieder zur Puste kommt. Mit schriller Stimme ruft sie nach Franz. So hat sie das letzte Mal nach ihm geschrien, als sie Inge beim Ausflug zum See nicht mehr finden konnte. Sie weiß nicht, was die Buben immer für einen Unfug im Wald treiben. Je älter Arno wird, desto häufiger flieht er vor seinem Vater, versteckt sich im Stall oder den ganzen Tag im Wald.

Frieda erscheint in der Tür. Johanna schickt sie, sofort den Vater zu holen. Der Moment, bis er in die Küche kommt, erscheint Johanna endlos, und Kurt kann noch immer nicht sagen, was passiert ist. Er ist den ganzen Weg gerannt, sein Kopf ist rot, er ringt nach Atem und die aufgesperrten Augen ängstigen Johanna. Sie hat ihn schon zig Mal gefragt, wo Arno ist, was passiert ist, wo ihr lieber Bub ist.

»Im Wald ... die Baumstämme ... Arno ... ich«, ist alles, was Kurt rausbringt.

Endlich kommt Franz. Er stellt sich vor Kurt hin und gibt ihm eine Ohrfeige. Johanna geht ein wenig in die Hocke, fasst den Jungen an den Schultern.

»Im Wald. Beim ersten Hochsitz. Am Weg. Die Baumstämme«, stottert Kurt endlich.

»Hol den Buben, sofort!«, sagt Johanna scharf zu Franz.

Kurt ist schon losgelaufen, Franz rennt ihm hinterher. Johanna kann nicht sagen, wie lange es gedauert hat, bis Franz mit Arno auf dem Arm zurückgekommen ist. Er legt ihn aufs Bett und Johanna setzt sich zu ihm.

Seit drei Tagen sitzt Johanna jetzt schon dort. Der Doktor hat gesagt, man könne nur abwarten. Das Einzige, was ihr Bub tut, ist atmen. Sein Brustkorb bewegt sich regelmäßig hoch und runter. Am ersten Tag, als Franz seinen Jüngsten in seinem Bett abgeladen hat, hat er die Augen einen

Spaltbreit aufgemacht und Johanna meinte zu spüren, dass seine Finger in ihrer Hand sich kurz bewegt haben. Seither nichts mehr. Johanna hält ihm die Tasse an den Mund, flößt ihm einige Tropfen Wasser ein. Mit einem Lappen wischt sie über sein Kinn, befeuchtet seine Lippen mit dem nassen Tuch. Johanna weint nicht.

Als sie Inge aus dem Wasser fischten, den schlaffen Kinderkörper, der nicht mehr atmete, da hat sie auch nicht geweint. Johanna schließt ihre Trauer in sich ein.

Frieda huscht regelmäßig zu ihr ins Zimmer, bringt etwas zu trinken oder nimmt den Teller mit Broten wieder mit, den Johanna nicht angerührt hat. Abends setzt sich ihre Tochter zu ihr. Frieda nimmt die Hände der Mutter und faltet sie in ihrem Schoß, legt ihre eigenen Hände darüber. Johanna hört ihre Tochter ein Gebet murmeln. Beim ersten Mal hat Johanna Friedas Hände abgeschüttelt.

»Das bringt doch nichts, Frieda.«

Frieda hat die Hände ihrer Mutter wieder umfasst und leise weitergebetet.

Seit Franz seinen Sohn bewusstlos aus dem Wald geholt hat, hat Johanna ihn kaum mehr gesehen. Nachts schläft er in seinem Häuschen im Garten, tagsüber geht er oft mit seiner Büchse in den Wald. Frieda bereitet ihrem Vater die Mahlzeiten zu.

Johanna hält Arnos Hand, streichelt sie sanft, nickt immer wieder ein. Frieda hat ihr eine Decke über die Schultern gelegt. Ihre Älteste schafft es während dieser Zeit, den Betrieb auf dem Hof einigermaßen aufrechtzuerhalten. Franz hilft ihr beim Nötigsten. Johanna weiß, dass Frieda es nicht mehr lange allein schafft und wie sehr sie ihren kleinen Bruder liebt. Sie sieht Friedas Hände zittern, wenn sie Arnos Zimmer betritt.

Frieda ist ein gutes Mädchen, denkt Johanna, als sie ihr am Abend einen Tee bringt. Wenn Arno stirbt, bleibt ihr nur mehr diese Tochter.

Frieda tritt an Arnos Bett, streicht das Laken glatt und schiebt die Decke ein wenig zur Seite, setzt sich vorsichtig auf die Matratze. Lange betrachten die beiden Frauen Arnos Gesicht.

Johanna schnäuzt sich.

»Arno kann auf jeden Baum im Wald klettern. Letzte Woche hat er mir alle Holzscheite ins Haus getragen. Er ist stark. Er läuft von hier zur Schule, ohne eine Pause, Mutti. Er ist nicht mal aus der Puste, wenn er in der Schule ankommt.«

Johanna tupft ihre Augen mit dem Taschentuch ab. Dann steckt sie es sich wieder in den Ärmel.

»Meinst du wirklich, dieses Mundwerk kann länger als ein paar Tage still sein?«, fragt Frieda.

Johanna schaut sie an und schüttelt den Kopf. »Nein, still sein, wirklich nicht.«

»Außerdem, so verfressen wie Arno ist keiner. Spätestens morgen wird er mit einem Bärenhunger aufwachen und nach deinem Gulasch verlangen, Mutti, oder glaubst du etwa nicht? Der Arno isst doch den ganzen Tag!«

Johanna und Frieda lachen. Frieda nimmt die Hand ihrer Mutter und drückt sie.

»Ja, etwas zu essen, das wird er bald brauchen. Du hast recht.«

In dieser dritten Nacht schläft Johanna wieder ein paar Stunden.

Ich bin einunddreißig und schiebe den bordeauxroten Pass über den Tisch. Die Beamtin öffnet ihn und blättert die Seiten durch. Sie klemmt den harten Umschlag und die erste Seite unter die Tastatur ihres Computers. Auf der ersten Seite stehen meine persönlichen Angaben. Dieser Pass ist ein amtliches Dokument, es muss also stimmen, was dort steht. Seit meiner Geburt bin ich auch österreichische Staatsbürgerin.

Die Seiten des Büchleins sind steif. Ich habe den Pass noch nie benutzt. Er liegt seit ein paar Jahren in der obersten Schublade meiner Kommode. Dort liegt auch der rote Pass. Er ist zerfleddert. Ich nehme ihn auf jede Reise mit. Der rote Pass mit dem weißen Kreuz ist voll von Visa und Ein- und Ausreisestempeln aus lateinamerikanischen, asiatischen, afrikanischen Ländern. Die Seiten des bordeauxroten Passes sind leer.

Die Beamtin kopiert die Angaben aus dem bordeauxroten Pass in das Formular auf ihrem Bildschirm. Ich sehe mein Foto auf der ersten Seite und bin überzeugt, dass sie mir gleich auf die Schliche kommen wird. Gleich wird sie etwas dazu sagen. Dass es ja schon ein richtiger Pass ist, eine richtige Staatsbürgerschaft. Aber halt doch nicht ganz richtig. Sie wird ein Wort in Beamtendeutsch dafür haben. Ich werde das Wort nicht kennen, aber sofort verstehen. Ich werde nicken und ihr sagen, dass sie recht hat. Vielleicht kann ich mich ihr erklären. Ihr erklären, dass ich zwar den Pass dieses Landes habe, irgendetwas von diesem Land also schon an mir ist, ich aber zugebe, dass dieses Irgendetwas nicht ganz echt ist. Vielleicht versteht sie das und es gibt im Gesetzbuch dieses Landes einen Passus dazu. Vielleicht ist es dann ja doch okay.

Die Beamtin drückt ein paar Mal mit ihrem rechten Zeigefinger auf die Maus und blickt zu mir: »Waren Sie schon einmal in Wien gemeldet?« Ich schüttle den Kopf. Jetzt kommts, denke ich. Meine Fingerspitzen hinterlassen feuchte Abdrücke auf der Tischplatte. Die Beamtin klappt meinen Pass zu, schiebt ihn mir über den Tisch zurück. Sie steht auf, geht zum Drucker, entnimmt ihm ein Papier und schiebt es auch zu mir rüber. Sie lächelt.

Im Restaurant schaue ich mir den Pass und das Papier an. Ich bin jetzt in Wien gemeldet. Eine Stadt, die ich nicht kenne. Ich kenne Omis Garten, ihre Küche, Opis Häuschen im Garten. Ich weiß von der Vergangenheit, von dem Schweigen. Ich frage mich, was es mit mir zu tun hat. Alles, was ich kenne in diesem Land, gibt es nicht mehr. Dass ich hier bin, hat nichts mit dem Pass zu tun, nicht mit dem roten mit dem weißen Kreuz, nicht mit dem bordeauxroten mit dem goldenen Adler. Dass ich hier bin, ist reiner Zufall, denke ich.

Das Restaurant ist ein Kaffeehaus. An einer Wand rollt sich die Tapete ein. Die Scheiben sind angelaufen. Die ganze Stadt ist alt, ist Vergangenheit, kommt mir vor. In allen Kaffeehäusern riecht es wie in Omis Küche.

Von der Kreuzung bis zu den Büschen vor dem Wirtshaus wird Arno schneller. Das eine Bein ist noch immer langsamer als das andere, er hinkt ein wenig. Weh tut es aber kaum mehr. Wenn Arno sich bei seiner Mutter darüber beklagt, dass er nicht mehr so leicht die Bäume raufklettern kann, sagt sie, er solle froh sein, überhaupt wieder gehen zu können.

Arno duckt sich hinter den Büschen, späht durch das Geäst. Die Mutter steht im Garten beim Marillenbaum, sammelt etwas vom Boden auf und lässt es in ihre aufgespannte Schürze purzeln. Rexi schläft vor dem Häuschen des Vaters in der Sonne. Der Vater wird sein Mittagsschläfchen halten, denkt Arno. Aus dem geöffneten Fenster des Wohnzimmers dringen Geräusche zu ihm. Er schlägt einen Bogen um das Nachbarhaus, läuft zum Bahnhof hoch, wirft keinen Blick zurück. Auf dem Bahnübergang streckt er seinen Oberkörper, geht aufrecht weiter. Er schnauft aus, keiner hat ihn gesehen.

So muss er heute nicht zu den Säuen. Oder Wasser holen mit dem Eimer. Die Pumpe am Brunnen ist seit gestern wieder kaputt. Das ist am schlimmsten. Die gefüllten Eimer sind schwer und Frieda und er müssen unzählige Male vom Haus zum Brunnen und zurück gehen. Abends schmerzt Arno der ganze Körper.

Die Mutter hat gestern beim Abendbrot dem Vater mitgeteilt, dass die Pumpe so schnell wie möglich repariert werden muss. Der Vater müht sich mit ihr jedes Mal unter Flüchen ab. Er flucht so laut, dass das ganze Dorf weiß, dass die Pumpe wieder kaputt ist. Der Vater ist dabei rot im Gesicht. Um die Pumpe herum liegt sein Werkzeug verstreut. Die Schraubenzieher und Ringe und Muttern anzufassen hat sich Arno nur einmal getraut. Zum Glück konnte er schnell weglaufen, als der Vater ausholte.

An solchen Abenden liest Frieda Arno eine Geschichte vor. Er sei doch dafür schon viel zu alt, sagt seine Mutter immer. Aber Frieda tut es trotzdem. Wenn sie die Seiten umblättert, ist es kurz ganz still im Zimmer. Arno weiß, dass seine Schwester nach draußen horcht. Auf Schritte, die sich nähern, auf Fäuste, die an die Tür poltern. Arno stößt Frieda dann mit dem Ellbogen an und sie liest weiter, bis er einschläft.

Arno läuft zu dem Hochsitz des Vaters im Wald, der am weitesten entfernt ist. Außer Atem klettert er die Sprossen der Leiter hoch. Er setzt sich auf den Holzboden und guckt durch ein Astloch im Holz hinaus. Es ist warm, sein Nacken ist ganz feucht. Er konnte die Steinschleuder zu Hause nicht holen. Er langweilt sich. Seine Augenlider werden schwer. Er streckt sich auf den warmen Brettern aus, schließt die Augen und dämmert weg.

Es friert Arno, er setzt sich auf. Die Vögel sind verstummt. Es ist schon fast dunkel. Durch das Astloch sieht Arno die letzten Sonnenstrahlen zwischen den Bäumen durchblitzen. Sein Magen knurrt. Die kaputte Pumpe fällt ihm wieder ein. Das Magenknurren wird immer heftiger. Arno findet ein paar Steine in seiner Hosentasche, kugelt sie auf dem Holzboden hin und her. Er wirft die Steine einzeln aus dem Astloch, dann steht er auf und klettert die Sprossen nach unten. Arno nimmt den direkten Weg nach Hause. Er braucht kein Licht, um ihn zu finden.

Schon aus der Entfernung sieht er seinen Vater vor dem Wirtshaus auf- und abgehen. Rexi folgt jedem seiner Schritte. Das Gesicht des Vaters ist wutverzerrt. Als er Arno auf der Straße vom Bahnhof auf das Haus zulaufen sieht, bleibt er stehen. Er verschränkt die Arme vor der Brust. Rexi setzt sich vor die Spitzen seiner Schuhe und schaut zwischen dem Herrchen und seinem Sohn hin und her. Mit jedem Meter, den sich Arno dem Haus nähert, werden seine Schritte langsamer. Als er vor dem Vater steht, senkt er den Kopf. Er streckt die Hand nach der Türklinke aus.

»Guten Abend, Herr Vater«, murmelt Arno.

Er drückt die Klinke runter, ist schon fast ins Haus geschlüpft.

»Nicht so schnell, Bengel«, sagt der Vater leise und packt Arno am Kragen.

»Hättest helfen sollen heute. Lässt deine Schwester alles allein machen. Hilfst deinem Vater nicht. Schleichst dich weg.« Der Vater knurrt die Worte.

Arnos Hände zittern, er ballt sie zu Fäusten. Sein Nacken ist schon wieder feucht. Das Hemd klebt ihm auf der Brust. Der Kragen schneidet ihm in die Kehle.

»Nein, nicht«, ruft er, als er sieht, wie der Vater ausholt.

Ein Rauschen durchfährt Arnos Kopf. Als es aufhört, pocht es ihm in der Stirn. Er schnappt nach Luft. Der Vater packt sein Kinn und dreht sein Gesicht herum. Die Brille ist dem Vater verrutscht. Arno sieht wieder den langen Arm und die Hand des Vaters auf sich zukommen. Er kneift die Augen so fest er kann zusammen. Nach dem zweiten Schlag sind das Rauschen und das Pochen weg aus seinem Kopf. Er hört nur noch ein Pfeifen. Er öffnet die Augen und sieht Rexi vor sich. Arno merkt, dass er auf dem Boden liegt. Ein paar Steinchen haben sich in seine Handflächen gebohrt. Rexi streckt die Schnauze nach ihm aus, schnuppert an seinem Hals.

»Rexi, komm, meine Liebe!«, ruft der Vater. Der Hund schleckt kurz an Arnos Nacken, dann schwänzelt er dem Vater hinterher.

Arno fährt sich mit der Zunge über seine aufgesprungene Lippe. Es brennt, er zieht die Zunge schnell zurück. Er drückt abwechselnd beide Augen zu und öffnet sie wieder. Auf dem linken sieht er kurz verschwommen. Er rappelt sich auf. Er spuckt auf den Boden, ein rotbräunlicher Batzen fällt vor seine Schuhe. Arno erinnert sich, dass sein Magen geknurrt hat. Jetzt ist dort auch ein komisches Gefühl, aber essen will er nichts. Er humpelt in sein Zimmer, zieht die Schuhe aus und legt sich angekleidet in sein Bett. Im Haus ist es mucksmäuschenstill.

Ich bin zehn und wenn Papa Nachtschicht hat, kommt er morgens nach Hause, bevor ich zur Schule muss. Dann frühstücken wir gemeinsam. Wenn ich meine Schultasche schultere, trägt er schon sein Pyjama. Wenn ich von der Schule zurückkomme, hat Papa für uns zu Mittag gekocht.

Nach dem Essen zieht er heute eine Art Overall an.

»Gehst du mit deinen Freundinnen spielen?«, fragt er mich.

»Keine Lust. Warum trägst du das?«

»Ich muss zum Zivilschutz, die Räume kontrollieren.«

Auf Papas Brust steckt ein Schild mit seinem Namen. Sein Vorname ist mit A. abgekürzt. Ich starre den Nachnamen an. Zwei Buchstaben sind vertauscht. Jetzt ist in unserem Namen ein Schimpfwort drin.

»Papa, das ist falsch da!«

»Halb so wild, oder? Die können halt nicht schreiben.«

Mir fällt ein, dass ältere Kinder dieses Wort Anna schon auf dem Schulhof hinterhergerufen haben.

»Ich will mitkommen, bitte Papa, nimm mich mit.«

»Was ist Zivilschutz?«, frage ich Papa im Auto.

»Zivilschutzräume dienen dem Schutz der Leute. Wenn hier bei uns etwas passiert, können wir dort hingehen. Dort ist man in Sicherheit.«

»Was könnte denn passieren, dass wir da reinmüssen?«

»Ein Krieg könnte plötzlich ausbrechen oder eine andere Katastrophe.«

»Bomben, so wie bei deiner Geburt?«

Ich stelle mir den Zivilschutzraum unheimlich und sehr spannend vor.

»Ja, zum Beispiel. Sieht heute aber anders aus, so ein Keller.«

»Wird es bald eine Katastrophe geben, weil du jetzt dahinmusst?«

»Nein, nein. Diese Räume müssen nur immer kontrolliert werden.«

Mit einem der vielen Schlüssel öffnet Papa die oberirdische Tür des Zivilschutzkellers. Dann gehen wir zwei Treppen nach unten, dort öffnet er eine weitere Tür. Wir sind unter der Erde, alles ist aus Beton. Zwischen den Räumen sind dicke Türen ebenfalls aus Beton, die zusätzlich mit Metallstangen verschlossen werden können. In den Räumen stehen unzählige Stockbetten mit Schaumstoffmatratzen. Am Fußende liegt eine Militärdecke und am Kopfende ein Kissen.

Ich klettere auf eins der Betten, springe von dort auf ein anderes, lege mich hin. Meine Haare elektrisieren sich von dem Material und knistern. Papa schreitet durch die Räume, schaltet überall das Licht ein und wieder aus, lässt Wasser aus den Hähnen laufen, betätigt ein paar Knöpfe an einem Gerät an der Wand. Ich achte darauf, nie allein in einem Raum zurückzubleiben.

Als wir wieder an die Erdoberfläche kommen, legen wir beide reflexartig die Hände über unsere Augen zum Schutz vor dem Tageslicht.

»Warum machst du das?«, frage ich auf der Rückfahrt. Ich rutsche mit meinem Hintern im Sitz nach vorne und lege meine Füße auf das Armaturenbrett.

»Ich muss. Ich habe diese Aufgabe zugeteilt bekommen. Schweizer müssen zum Militär. Ausländer müssen einen Ersatzdienst leisten.«

Mit einer Hand drückt Papa meine Füße zur Seite und nach unten. Ich setze mich wieder gerade hin.

Am Abend schauen Mama und Papa Nachrichten. Irgendwo ist Krieg und Menschen müssen flüchten. Ich gehe in ihr Schlafzimmer. Dort liegt der Overall, den Papa am Nachmittag tragen musste. Ich habe den dicksten schwarzen Filzstift mitgenommen, den ich finden konnte. Ich lege den Overall aufs Bett. Das Schild mit dem Schimpfwort liegt jetzt flach da. Ich überschreibe die falschen Buchstaben mit den richtigen. Die Farbe will nicht halten, verschwindet immer wieder auf dem Plastik. Ich gehe ins Bad, hole eine Nagelschere und kratze die beiden vertauschten Buchstaben weg. Jetzt fehlen zwei Buchstaben in unserem Namen. Das ist immer noch besser, als ein Schimpfwort zum Nachnamen zu haben, denke ich.

Der Hof liegt ruhig vor Johannas Küchenfenster. Johanna setzt sich an den Küchentisch und zündet sich eine Zigarette an. Nach ein paar hastigen Zügen legt sie die Zigarette in den Aschenbecher, folgt mit dem Blick dem Rauchfaden, der an die Decke zieht. Lange hat sie auf den Bäcker gewartet, aus dem Fenster geschaut auf die Straße und nach seinem Motorrad Ausschau gehalten. Dann ist er die Straße hochgefahren gekommen, hat bei den Nachbarn gehalten. Johanna hat gehört, wie er mit der Resi gesprochen hat. Er ist wieder auf sein Motorrad gestiegen, weitergefahren, ohne auf ihrem Hof Halt zu machen. Erst hat sich Johanna gewundert. Jetzt lässt sie die flache Hand auf den Tisch sausen. Ihre Handfläche brennt. Sie steht auf, geht zum Telefon im Gang. In der Bäckerei geht niemand ran.

Rexi bellt im Hof. Johanna hört Motorengeräusche und geht raus. Der Hund springt an den Beinen des Fleischhauers hoch, bellt dabei immer wütender. Sie reißt das Tier am Halsband zurück, sperrt es hinter den Gartenzaun.

»Grüß dich«, sagt Johanna.

Der Fleischhauer gibt keine Antwort. Er nimmt eine Kiste aus seinem Auto, stellt sie neben die Haustür.

»Der Bäcker hat mich heute ausgelassen.«

Der Fleischhauer steckt seinen massigen Oberkörper ins Auto, Johanna sieht nur seine Beine und den Rücken. Er hebt eine weitere Kiste raus, stellt sie neben die andere. Fleischstücke liegen oben auf. Johanna wedelt ein paar Fliegen weg. Der Fleischhauer reicht ihr einen Zettel. Sie beugt sich über die Kisten, begutachtet den Inhalt, vergleicht ihn mit dem Zettel in ihrer Hand. Der Fleischhauer schaut ihr schweigend zu.

»Passt. Schreibs auf die Liste. Nächste Woche bezahl ich dich.«

Der Fleischhauer schüttelt den Kopf. Johanna hebt eine Kiste mit beiden Händen hoch.

»Du musst jetzt bezahlen«, sagt er leise.

»Schreibs auf wie bisher. Ich hab noch nie nicht gezahlt.«

»Ab heute musst du gleich zahlen.«

»Red keinen Blödsinn. Halt mir lieber mal die Tür auf. Ich hab keine Zeit. Du kriegst dein Geld nächste Woche.«

Der Fleischhauer stellt sich an die Tür. Er schüttelt den Kopf, schaut zu Boden. Die Hände um die Griffe der Kiste versucht Johanna mit den Ellenbogen, ihn zur Seite zu schieben. Er bleibt bewegungslos stehen, verstellt ihr den Weg. Johanna tritt einen Schritt zurück und lässt die Kiste sinken.

»Lass mich durch, Herrgott nochmal! Was ist los mit dir?«

Der Fleischhauer stellt seine Beine etwas breiter, verschränkt die Arme vor der Brust.

»Keiner im Dorf wird dich mehr anschreiben lassen, Johanna. Hol dein Geld und bezahl das jetzt sofort, wenn du übermorgen wieder eine Lieferung willst.«

Johanna setzt die Kiste am Boden ab. Sie geht auf den Fleischhauer zu, es trennen sie nur noch wenige Zentimeter. Er ist nicht viel größer als sie. Der Fleischhauer löst seinen Blick vom Boden und schaut Johanna in die Augen. »Nazihuren bezahlen sofort«, flüstert er.

Johanna bringt die beiden Kisten in die Vorratskammer, deckt sie mit einer Platte ab. Sie schließt die Tür hinter sich, lehnt sich zitternd dagegen, drückt sich die Schürze vor den Mund.

»Warst selber einer, du Schwein«, schreit sie mit erstickter Stimme in den Stoff.

Arno sitzt am Boden im leeren Wohnzimmer und starrt auf seine nackten Zehen. Auf dem Fensterbrett steht ein Radio. Arno hat auf seinen Montagereisen Englisch gelernt. Den Moderator zu verstehen, fällt ihm trotzdem schwer. Er war nicht vorbereitet auf den amerikanischen Akzent. Er wird sich an ihn gewöhnen, ist sich Arno sicher. So wie er sich an die auffällige Kleidung, die vielen Süßspeisen und die lockeren Umgangsformen gewöhnen wird. Er hat sich in der Türkei eingelebt, in Mexiko, in Israel, in Indien. Und in der Schweiz. Da wird ihm Amerika doch wohl keine Schwierigkeiten machen.

Gerade ist der Makler gegangen. Arno hat heute eine Anzahlung geleistet. Einen Packen Scheine, alles in bar.

Arno geht in die Küche, die Fliesen sind angenehm kühl. Am frühen Nachmittag ist es ruhig in den Straßen. Er hört einen Nachbarn den Rasen mähen. Er hebt das Kinn, um nach draußen in den Garten zu schauen. Zu dem einstöckigen Haus mit drei Zimmern und offener Küche gehört ein kleiner Garten. Von der Küche führt eine Glastür nach hinten raus. Arno sieht den leeren Pool, die Grillstelle ohne Grill.

Er hat den Koffer im zukünftigen Wohnzimmer abgestellt, seine Schuhe stehen neben der Tür. Er hat eine dünne Matratze gekauft, auf der er seit ein paar Tagen schläft. Davon hat er Rückenschmerzen und Halsweh von der Klimaanlage. Arno hat in seinem Kopf schon diverse Möbelstücke in die Räume zu platzieren versucht.

Er steht vom Boden auf. Er kann den rasenmähenden Nachbarn nicht sehen, sein Grundstück ist von einer Mauer umgeben. Wie alle Grundstücke hier.

Arno geht zum Kühlschrank, öffnet und schließt ihn gleich wieder. Er ist leer. Arno ist schmaler geworden. Seit er hier ist, raucht er viel und isst nur, wenn ihm jemand etwas hinstellt.

Er zweifelt nicht daran, dass das Häuschen Rosa gefallen wird. Sein amerikanischer Vorgesetzter hat es ihm vermittelt. Es ist groß genug für seine kleine Familie. Wenn sie noch wächst, müssen sie sich etwas Größeres suchen. Für den Start in ein neues Leben wird es vorerst reichen.

In ein paar Tagen wird er Rosa und Anna vom Flughafen abholen. Er hat ihre Flugtickets schon vor Wochen gekauft und in die Schweiz geschickt. Rosa hat die letzte Zeit damit verbracht, ihren Hausstand aufzulösen und ihre Kleider in Koffer zu packen. Der Container mit den Möbeln, dem Geschirr, den Teppichen, mit allem, was sie nicht verkauft hat, wird bald ankommen. Jetzt sitzen Rosa und Anna in einer leeren Wohnung in der Schweiz und warten auf den Tag, der auf den Flugtickets notiert ist.

Arno stößt die Glastür auf und geht in den Garten. Eigentlich sollte er jetzt in eines der riesigen Einkaufszentren fahren, um sich ein paar Dinge zu besorgen. Eine Pfanne zum Beispiel oder einen Wäscheständer. Oder einen Grill. Er umrundet den Pool und setzt sich auf ein niedriges Mäuerchen, das ein Gartenbeet säumt. Ein bisschen vertrocknete Erde liegt im Beet. Er gräbt seine Hand hinein, nimmt eine Handvoll auf und lässt sie durch seine Finger rieseln. Keine Ameise und kein Käfer sind darin zu entdecken. Er stellt sich auf das Mäuerchen und schaut in den Garten nebenan. Dort steht ein Grill und der Pool ist mit Wasser gefüllt. Ein oranger Schwimmring treibt auf der Wasseroberfläche, neben dem Pool liegt ein zerknülltes Handtuch.

Arno zündet sich eine Zigarette an und umrundet seinen Pool noch einmal. Er schüttelt den Kopf. Ihm fällt ein, dass er vergessen hat, den Makler zu fragen, wie man den Pool reinigt.

Rosa hat auf ein Haus mit Pool bestanden. Auch den gefliesten Küchenbereich ihrer Träume hat sie Arno genau beschrieben. In das Wohnzimmer werden sie einen dicken, hellen Teppich verlegen. Arno kennt Rosas Träume. Als das Angebot von seinem Schweizer Arbeitgeber kam, ist Rosa vor Freude durch die Wohnung getanzt.

Arnos Chef unterstützt ihn und seine Familie bei ihrem Neustart. Sein neuer Arbeitsvertrag ist großzügig. Er verdient ein Vielfaches seiner hiesigen Kollegen, erhält Schweizer Sozialleistungen, Boni, Sicherheiten und andere Vorteile. Er selbst hat in der Schweiz schon unter schlechteren Bedingungen gearbeitet. Jetzt müssen nur noch Rosa und Anna endlich kommen.

An der brennenden Zigarette zündet sich Arno die nächste an. Er schaut durch die großen Fenster in das leere Wohnzimmer und versucht sich den dicken, hellen Teppich, ein Sofa und die krabbelnde Anna vorzustellen. Arno drückt die Zigarette in der toten Erde aus. Die Bilder in seinem Kopf wollen sich einfach nicht zeigen.

Nach dem Abendessen, die Kinder sind schon im Bett, sitzt Johanna am Küchentisch. Sie denkt an den Nachmittag, an den Fleischhauer und an den Bäcker. Die Wut steigt wieder in ihr hoch. Dann gleiten ihre Gedanken ab, zu der Frühstückspension direkt am See, von der sie weiß, dass sie zum Verkauf steht und die ihr so gut gefällt, zu dem neuen, unbeschwerten Leben, das sie dort beginnen könnte.

Sie hört Franz im Gang telefonieren und versucht angestrengt zu verstehen, was er sagt. Rexi liegt schlafend im Körbchen. Dann ist es still. Franz kommt zurück, setzt sich wortlos an den Tisch. Er nimmt einen Schluck von dem Bier, das ihm Johanna hingestellt hat, als er am Telefon war.

»Was hat er gesagt?«, fragt Johanna.

Sie wartet keine Antwort ab.

»Unser Land ist viel wert, wir könnten es zu einem guten Preis verkaufen. Brauchst du die Unterlagen? Wir finden bestimmt schnell einen Käufer. Außerdem sind die Tiere auch etwas wert. Das Wirtshaus lief immer gut, selbst im Krieg. Dafür wird jemand einen guten Preis zahlen.«

»Johanna«, fängt Franz an, dann nimmt er wieder einen Schluck Bier, sagt doch nichts, nachdem er runtergeschluckt hat.

»Die Kinder könnten dort im Sommer im See schwimmen. Dort gibts auch einen Wald, in den du gehen kannst zum Jagen. Es ist ja auch nicht so weit weg von hier. Und es ist keine große Pension, ein paar Zimmer für Gäste, Frühstück und Abendessen, auch für Auswärtige. Klein und hübsch.«

»Johanna, es reicht nicht«, sagt Franz.

»Wie, es reicht nicht? Die Hektar Land, die wir haben, den ganzen Wald, den Hof, das Haus, die Tiere? Das ist doch viel mehr wert als eine Frühstückspension am See!«

»Die Grundstückspreise am See sind hoch, viel höher als hier. Es reicht nicht.«

»Das kann doch nicht möglich sein. Hast du genau nachgefragt? Oder eine kleinere Pension vielleicht, eine andere? Vielleicht nicht die direkt am See?«

»Wir bleiben hier, Johanna. Keinen See, keine Frühstückspension. Schlags dir aus dem Kopf!«, sagt Franz, stellt sein leeres Glas auf den Tisch, steht auf und verlässt die Küche. Rexi, die sich nur schlafend gestellt hat, trippelt ihm hinterher.

Ich sitze auf der Kante des Krankenhausbettes. Ich schaue durch das Fenster auf die Stadt. Bei jedem Einatmen spüre ich meine wunden Brüste, durchfährt mich ein stechender Schmerz bis in den Hals, kämpfe ich gegen die Tränen an.

Die Pflegefachfrau steht vor mir. In der einen Hand hält sie meine Reisetasche. Auf ihrem anderen Arm liegt mein Baby. Es ist eingewickelt in eine beige Fleece-Decke mit weißen Wolken darauf. Es trägt eine Mütze. Nie hätte ich daran gedacht, einem Baby im Sommer eine Mütze aufzusetzen.

Die Pflegefachfrau legt meine Reisetasche ans Fußende meines Bettes. Geschickt öffnet sie mit einer Hand den Reißverschluss. Das Baby auf ihrem Arm macht ein komisches Geräusch. Es hört sich nicht nach Schmerz oder

Unbehagen an. Jetzt öffnet es seinen winzigen Mund und gähnt. Die Pflegefachfrau macht einen Schritt auf mich zu. Ich ziehe die Knie heran, es ist ein Reflex. Die Pflegefachfrau drückt meine Knie zurück auf das Bett. Der Druck ihrer Hand ist fest. Dann nimmt sie meinen rechten Arm, winkelt ihn an, so wie ihren. Sie lächelt. Sie hebt das Baby etwas hoch und lässt es in meine Arme schweben.

Das Bündel auf meinem Arm ist federleicht. Die Mütze ist über das Babygesichtchen gerutscht, verdeckt seine Augen. Ich schiebe es mit spitzem Zeigefinger und Daumen hoch in seine Stirn.

»Laura? Oder Lorena?«, sagt die Pflegefachfrau.

Ich schaue sie verständnislos an.

»Ja, ok, Laura gibts schon viele. Wie wärs mit Chiara?« Ich schüttle den Kopf, presse meine Lippen aufeinander.

»Ihnen wird bestimmt ein passender Name einfallen in den nächsten Tagen.«

Die Pflegefachfrau hat den schmalen Schrank neben meinem Bett geöffnet und legt meine Kleidungsstücke in die Reisetasche.

»Wenn Sie erst wieder in Ihrer gewohnten Umgebung sind, wird alles besser. Mit dem Baby ist alles in bester Ordnung, hat der Arzt gesagt, machen Sie sich keine Sorgen.«

Mein Arm ist unangenehm warm, unter meinen Brüsten ist es feucht, ein Schweißtropfen rinnt über meinen Bauch. Ich wende alle Kraft auf, die noch in mir steckt, um das Baby nicht auf das Bett fallen zu lassen. Schnell lege ich es auf der Bettdecke ab. Ich schüttle meinen Arm aus.

»Einen Tag noch, ich bitte Sie, reden Sie mit dem Arzt. Bitte, nur noch einen Tag.« Ich flehe.

Die Pflegefachfrau schüttelt den Kopf. »Sie schaffen das! Das hat auch der Arzt gesagt.«

Ich ziehe den Ausschnitt meines Oberteils nach unten, zeige ihr eine Brust. »Schauen Sie, sie ist ganz rot!«, versuche ich es noch einmal.

Die Pflegefachfrau nimmt das Baby vom Bett auf den Arm. Sie lächelt es an und stupst seine Nase mit ihrem Finger, murmelt etwas Unverständliches. Sie räumt mit einer Hand den Schrank leer, streckt mir das Baby wieder entgegen. Ich rühre mich nicht. Sie drückt es senkrecht mit dem Bauch voran auf mich. Der Babykopf liegt in meiner Halskuhle, der Rest des kleinen Körpers auf meiner Brust. Ein Schmerz durchfährt mich. Ich ziehe scharf die Luft ein.

»Um 13 Uhr kommt jemand, um das Bett neu zu beziehen. Sie können hier um 11.30 Uhr noch Mittagessen, ausnahmsweise. Soll ich Ihnen ein Taxi bestellen oder holt Sie jemand ab?«

Das Baby weint.

Sofia zieht sich die Decke über den Kopf. Sie drückt den Teddy fest auf ihren Bauch, umarmt ihn. Ihre Mutter hat sich soeben von ihr verabschiedet mit einem Kuss auf die Stirn.

»Sei brav, cara figlia, auch dieser Tag geht vorbei. Bald ist alles vorbei, ich verspreche es.« Jeden Tag flüstert ihre Mutter ihr das Gleiche zu, bevor sie und der Vater die Wohnung verlassen.

Sofia lauscht, wie sich die Wohnungstür hinter ihnen mit einem Klacken schließt. Das Geräusch hallt in ihrem Kopf, dann beginnt es zu rauschen zwischen den Ohren. Sofia streicht mit dem Gesicht des Teddys über ihr eigenes Gesicht. Sie muss kichern, es kitzelt. Sie kichert immer nur unter der Bettdecke. Sie weiß, dass es schlimm wäre, wenn sie jemand hier in der Wohnung entdecken würde. Dann müsste sie zurück nach Italien und würde ihre Eltern nie mehr sehen.

Sie schält sich aus der Decke und geht geduckt durch die Wohnung. In der Küche nimmt sie sich ein Stück Brot und kaut etwas darauf herum. Das Marmeladenglas steht noch auf dem Tisch. Sofia tunkt das Brot ins Glas und schleckt die Marmelade herunter. Sie bietet ihrem Teddy auch etwas davon an.

Sie geht zurück ins Schlafzimmer und legt sich unter das Bett. Sie zählt die Latten, auf dem Rücken liegend. Plötzlich sieht sie den frechen Zwerg unter das Bett schauen. Sofia schlägt sich die Hand vor den Mund, damit kein Laut aus ihr rauskommt. Der Zwerg hüpft zwischen den Latten hin und her. Ihr Vater erzählt ihr abends vorm Einschlafen immer die Geschichte vom Zwerg, der sehr lustig ist und trotzdem nic einen Pieps macht.

Der Zwerg verschwindet, wie er gekommen ist, und Sofia langweilt sich. Sie robbt unter dem Bett hervor. Auf allen vieren kriecht sie durch die Wohnung. Sie spielt, sie ist ein Hund. Ein stummer Hund, der sehnsüchtig die Fenster und die Tür anstarrt. Er kann es kaum erwarten, bis jemand nach Hause kommt. Der Hund setzt sich auf den Teppich im Wohnzimmer und winselt ganz leise. Sofia muss gähnen. Letzte Nacht hat sie nur wenig geschlafen zwischen Vater und Mutter. Der Vater schnarcht und braucht viel Platz. Sofia rollt sich auf dem Teppich zusammen. Ihre Lider werden schwer. Sie schließt die Augen, wimmert und kratzt sich mit der Pfote hinter den Ohren. Sie schläft ein und träumt, dass ihre Mutter schon nach Hause kommt. Sie ruft laut nach ihr, ruft sie beim Namen.

Die Mutter sieht das Hündchen auf dem Teppich liegen, beugt sich zu ihm herunter und streichelt es lange.

Ich schaffe es gerade noch in mein Zimmer. Ich renne den Gang entlang, schüttle meine Schuhe ab, stürze mit den Händen voran auf meine Zimmertür zu, schlüpfe hinein. Ich lehne mich mit dem Rücken an die Tür. Sie schließt sich mit einem leisen Geräusch. Das Geräusch dröhnt in meinen Ohren nach. Ich höre mich viel zu laut atmen. Ich presse meinen Kiefer zusammen. Die Luft, die ich nur durch meine Nase atmend bekomme, ist zu wenig. Mir wird schwindlig. Ich öffne den Mund wieder und schnappe unkontrolliert nach Luft.

Ein Knäuel aus etwas Hartem bildet sich in meinem Bauch, wirbelt hoch in meine Brust. Das Knäuel ist viel zu groß, sprengt den Platz unter meinen Schlüsselbeinen, drückt meine Rippen weit auseinander. Es sticht in meinem Rücken.

Bilder ziehen vor meinem inneren Auge vorbei. Ich kann die Augen so fest zusammendrücken, wie ich will, es nützt nichts, die Bilder verschwinden erst, wenn sie das selbst wollen.

Ich weine Mit der Zeit vergesse ich.

»So, dalli jetzt aber!« Johanna bindet die Schleife um den zweiten Zopf des roten, seidigen Kinderhaares. Auf Friedas Stirn kräuseln sich ein paar widerspenstige Härchen. Johanna streicht sie mit etwas Spucke glatt.

Frieda steht auf einem Stuhl, damit sie sich im Spiegel betrachten kann. Sie dreht ihren Kopf ein wenig, schaut ihrem Spiegelbild in die Augen und zieht die beiden Zöpfe über ihre Schultern.

Johanna geht den Gang entlang, an der Haustür dreht sie sich um. Frieda ist ihr nicht gefolgt.

»Frieda, im Kindergarten warten sie nicht auf dich.«

Johanna hört, wie sie vom Stuhl springt. Sie kommt ihr im Gang entgegengelaufen, streckt die Arme aus. Johanna küsst ihre Tochter auf den Scheitel und bugsiert sie zur Tür hinaus.

Johanna schließt die Tür hinter dem Kind. Ein paar Stunden hat sie jetzt Zeit, bis Frieda wieder zurück ist. Sie hofft, dass sie bis dahin alles schafft zu erledigen.

Ihre Mutter ist schon vor dem Frühstück in den Garten gegangen. Ihr Vater saß gestern Abend im Wohnzimmer noch über der Wirtshausabrechnung, als Johanna und die Mutter sich schlafen legten.

Johanna hat Franz in der Früh gebeten, er solle nicht zu spät aus dem Büro kommen, es gebe etwas zu besprechen.

»Ich komme dann, wenn die Arbeit erledigt ist«, hat Franz geantwortet. »Die Arbeit bei der Partei lässt man nicht einfach liegen, weil man nach Hause muss«, hat er scharf hinzugefügt und seine Tasche genommen.

Im Gastraum ist der Boden schmutzig. Zuerst leert Johanna die Aschenbecher, dann wischt sie die Tische ab. Während sie kehrt, denkt sie an Frieda. Sie freut sich, dass ihre Tochter ein paar Freundinnen hat. Sie beobachtet manchmal, wie die Mädchen gemeinsam zum Kindergarten hüpfen.

Das hatte sie sich auch gewünscht, erinnert sie sich. Wenigstens eine Freundin. Zum Beruf ihres Vaters hatte es gehört, dass sie am jeweiligen Bahnhof in der Dienstwohnung wohnten. Und es hatte dazugehört, dass er alle paar Monate an einem neuen Bahnhof arbeiten musste. Anfangs hatte sich Johanna noch mit anderen Kindern angefreundet. Nach dem vierten oder fünften Umzug, als Johanna schon älter war, versuchte sie es gar nicht mehr. Immer stand der nächste Umzug bereits bevor. Sie wollte gar keine neuen Freundinnen mehr finden, wozu auch, fragte sie sich. Nach dem zehnten Umzug hörte Johanna auf zu zählen, in wie vielen Zimmern sie schon ihre Puppe ausgepackt, in wie vielen Betten sie schon geschlafen hatte. Sie dachte nicht mehr an die Kinder zurück, die nachmittags auf der Straße gespielt und deren Namen sie alle gekannt hatte. Johanna strengte sich an, die Namen und Betten und Zimmer zu vergessen.

Nach seiner Pensionierung hatte Johannas Vater diesen Hof samt Wirtshaus und dem ganzen umliegenden Land gekauft. Er hatte seiner Tochter versprochen, dass die Umzüge nun vorbei waren. Frieda und alle Kinder, die Johanna noch mit Franz haben würde, würden hier in diesem Haus zur Welt kommen und aufwachsen. Das hatte Johanna beschlossen, als sie den Hof von ihrem Vater übernahm. Er war glücklich, ihn ihr zu überschreiben. Seine Tochter sollte hier ein gutes Leben führen. Johanna kann sich keinen Grund vorstellen, warum sie jemals wieder von hier wegsollte.

Sie kehrt den Dreck auf ein Häufchen, wischt sich die Hände an der Schürze ab. Sie öffnet das Rechnungsbuch und prägt sich ein, welcher Gast ihr noch wie viel schuldet. Am Abend wird sie die Männer an ihre Schulden erinnern und bei denen kassieren, die etwas dabeihaben.

Johanna hält sich an einer Stuhllehne fest. Kurz wird ihr schwarz vor Augen, sie lässt sich auf den Stuhl fallen. Mit dem Rechnungsbuch fächert sie sich Luft zu. Als es ihr besser geht, steht sie auf und öffnet ein Fenster. Sie zieht den Stuhl heran, setzt sich wieder und gönnt sich einen Moment Ruhe.

Wenn alle Gäste fort sind, wird sie es Franz erzählen. Ihre Mutter weiß schon davon. Franz wird sich freuen, Johanna ist sich sicher. Sie wollte ihm trotzdem nicht zu früh damit kommen. Ihr Mann verlangt, dass sie Frauenangelegenheiten so weit wie möglich selbst regelt. Das ist Johanna ebenso recht. Sie ist nicht das erste Mal seit Friedas Geburt in guter Hoffnung. Wenige Monate danach war es ihr einfach noch zu früh gewesen. Dafür gab es Lösungen. Einige weitere Male hatte es nicht gehalten.

Nachdem ihr erstes Kind eine Tochter geworden ist, musste Franz seinen Namenswunsch auf das nächste verschieben. Vielleicht wird dieses ja ein kleiner Adolf, legt sich Johanna die Wörter zurecht. So wird sie es Franz mitteilen. Dann kann er gar nicht anders, als sich zu freuen.

Johanna erhebt sich, klemmt das Rechnungsbuch unter den Arm und geht in die angrenzende Küche.

Rosa hört den Streit, der aus dem Arbeitszimmer dringt. Die aufgeregte Stimme ihrer Mutter übertönt die des Vaters. Sie wechselt immer wieder ins Italienische.

»Auf Deutsch, Sofia, sprich Deutsch mit mir!«, schreit er.

Rosa geht in ihrem Zimmer auf und ab. Sie weiß nicht, ob sie sich ins Arbeitszimmer trauen soll. Sie weiß nur, dass sie dieses Geschrei nicht mehr länger aushält. Sie geht in die Küche. Hier sind die Stimmen zwar besser zu hören, aber wenigstens kann sie sich nützlich machen. Sie wäscht ab.

»Wenn du das tust, ich schwöre, Emil, dann nehm ich die Kinder und wir gehen. Und du bist schuld daran.«

»Sei nicht so dramatisch! Die Kinder haben einen Schweizer Pass. Das betrifft uns doch alles gar nicht.«

»Mich betrifft es!«

»Du bist mit mir verheiratet, hast eine Familie. Du gehst nirgendwohin.«

»Zehn Prozent, nur zehn Prozent dürfen bleiben! Wie kannst du dir so sicher sein, dass es nur die anderen trifft? Und außerdem, wer sind die anderen? Was ist mit Nonna und Nonno? Und meinen Freunden?«

»Du verstehst rein gar nichts von Politik, Sofia! Bis mir irgend so einer die Arbeit wegnimmt, dann kannst du schauen, womit wir die Spaghetti kaufen! Deswegen ist Politik Männersache.«

»Mit Hunden vergleichen sie uns! Wie kannst du gleicher Meinung sein wie die! Überfremdung! Initiative di merda! Keine Ahnung habt ihr vom Fremdsein!«

Rosa hört ihre Mutter auf Italienisch weiterfluchen.

»Mach dein Krüzli dort, wo du willst!«

Rosa stellt das Wasser ab, hält den Atem an. Die Eltern sagen nichts mehr. Sie geht auf Zehenspitzen zum Arbeitszimmer. Kein Laut ist zu hören. Rosa drückt ihr Ohr an die Tür. Sie zuckt zusammen, als das Telefon klingelt. Ihre Großmutter ist am Apparat.

»Ciao, Nonna.«

Die Großmutter spricht schnell auf Italienisch. Rosa kann kein Italienisch. Sie versteht trotzdem, dass sie mit Sofia sprechen möchte. Rosa legt den Hörer neben das Telefon.

»Mama! Nonna ist am Telefon!«

Rosa lauscht. Sie hört ihre Eltern im Arbeitszimmer sprechen. Die Tür öffnet sich, ihre Mutter kommt den Gang entlang. Sie schaut besorgt aus, die Stirn hat sie in Falten gelegt. Ohne Rosa anzuschauen, greift sie zum Hörer.

»Si, Mama«, flüstert Sofia.

Die Mutter schickt Rosa mit einer Handbewegung weg. Rosa setzt sich wieder in die Küche, die zwischen Telefon und Arbeitszimmer liegt. Sie lehnt die Tür nur an. Die Tür des Arbeitszimmers steht offen. Sie sieht ihren Vater an seinem Schreibtisch sitzen, auf dem eine aufgeschlagene Zeitung liegt. Die Seiten sind zerwühlt, einige liegen auf dem Boden verstreut. Er bückt sich und hebt sie auf, legt sie auf die Zeitung auf dem Tisch und streicht das Papier glatt. Er rollt alles zusammen, klemmt es sich unter den Arm. Im Gang nimmt er seinen Hut von der Ablage und verlässt die Wohnung wortlos.

Rosa geht ins Wohnzimmer. Sie nimmt einen Lappen und wischt die Oberflächen ab.

Ich bin sechsunddreißig und fahre mit den Handflächen über meinen schwangeren Bauch. Ich warte darauf, eine Bewegung des Babys zu spüren, ein Lebenszeichen von ihm zu erhalten. Ich spüre nichts. Ich stelle mir vor, wie der Fötus tot in der Flüssigkeit in meinem Bauch schwebt, wie all die guten Nährstoffe, die ich zu mir nehme, in der Nabelschnur stecken bleiben und sie verstopfen. Es kann nicht normal sein, dass sich ein Baby in diesem Stadium der Schwangerschaft nicht auf irgendeine Weise bemerkbar macht.

Ich wähle die Nummer des Krankenhauses, lege auf, bevor jemand rangeht. Ich wähle die Nummer des Taxidienstes. Der Taxifahrer nimmt mich sehr ernst. Er sieht meinen großen Bauch, meine zusammengezogenen Augenbrauen, die Zornesfalten, die sich bilden, sieht eine Träne aus meinem rechten Augenwinkel treten und geht davon aus, dass ich heftige Schmerzen habe. Ich habe große Angst. Das fühlt sich auch an wie ein Schmerz. Das Taxi rast zum Krankenhaus und lädt mich vor der Notfallstation aus. Ich bedanke mich mit piepsiger Stimme, gebe großzügig Trinkgeld. »Alles Gute«, ruft mir der Taxifahrer nach.

Ich betrete die Ambulanz. Am Empfang gebe ich meine Personalien an und nenne den Grund für mein Kommen.

»Mein Baby bewegt sich nicht mehr, das Baby in meinem Bauch ist tot.«

Die Frau schaut mich erschrocken an. Sie tippt die Angaben aus meinem Formular in den Computer. Ich setze mich in den Warteraum. Ich finde es unverantwortlich, wie viel Zeit vergeht, bis sich jemand um mich kümmert. Es haben bestimmt nicht viele andere hier ein totes Baby im Bauch, denke ich. Nach einiger Zeit kommt die Frau vom Empfang zu mir und sagt, eine Ärztin werde sich gleich um mich kümmern. Es sei dieselbe Ärztin, die sich die letzten beiden Male um mich gekümmert habe. Dann schüttelt sie den Kopf und lässt mich allein zurück.

Ich sitze auf der Liege in einem kleinen Untersuchungsraum und die Ärztin gibt mir die Hand zur Begrüßung. Sie sagt, sie könne mich beruhigen, sie glaube nicht, dass mein Baby tot ist. Woher sie das wisse, denke ich, aber ich traue mich nicht, die Frage auszusprechen.

»Dann schauen wir mal.« Sie legt mir die Hände auf den Bauch, tastet ihn rechts und links ab.

»Alles in bester Ordnung«, sagt sie.

Ich werde wütend. »Sie müssen doch einen Ultraschall machen!«, presse ich hervor.

Die Ärztin seufzt. Ich lege mich auf den Rücken, während sie das Gerät einschaltet, das Gel auf meinem Bauch verteilt und dann die Sonde darüberführt. Endlich höre ich den regelmäßigen Herzschlag des Babys. Sein Herz pumpt Blut durch seinen Körper und das heißt, es lebt, es wird lebendig aus mir herauskommen. Jetzt kann ich meine

Tränen nicht mehr zurückhalten. Die Ärztin nimmt die Sonde von meinem Bauch. Ich umfasse rasch ihr Handgelenk.

»Bitte, einmal noch«, sage ich und sie seufzt erneut und lässt mich noch ein paar Sekunden den Herzschlag hören. Sie verlässt den Raum, bevor ich meinen Bauch vollständig vom Gel gereinigt und mich fertig angezogen habe. Mit strahlenden, rot geweinten Augen stolziere ich an der Empfangsdame vorbei und gehe den Heimweg zu Fuß.

Rosa steht neben dem Ehebett. Aus dem Kinderzimmer nebenan dringt das Geschrei ihrer Töchter, die sich um irgendetwas streiten. Arno hievt ihren größten Koffer aufs Bett und öffnet ihn. Er dreht sich um zur Kommode. Rosa starrt in den leeren Bauch des Koffers.

»Arno, ich fahre nicht mit.«

Arno öffnet Rosas Schublade, beginnt ihre Unterhosen rauszuzählen. Rosa fasst sein Handgelenk. Arno lässt die Unterhose los, die er gerade in den Fingern hält.

»Was ist, ist das nicht die richtige? Wo ist dein Badeanzug? Wir haben nicht ewig Zeit zum Packen, du musst danach noch den Mädchen helfen.«

»Arno, ich werde nächste Woche nicht mit euch nach Kärnten fahren.«

Arno zieht die Augenbrauen zusammen.

»Wie meinst du das? Musst du noch länger arbeiten? Ich hab dir doch gesagt, du musst dich gegenüber deinem Chef durchsetzen.«

Rosa streicht über ihr Kissen, streicht alle Fältchen aus dem Stoff. Sie schaut ihren Mann an, der verloren wirkt. Im Koffer liegt jetzt ein Stapel Unterhosen von Arno.

»Ich habe eine Gastfamilie gefunden.«

»Eine was? Du hast doch eine Familie. Rosa, ich bitte dich, wovon sprichst du?«

»Das weißt du doch. Ich will nach Amerika. Mein ganzes Leben will ich schon nach Amerika.«

»Ja, wir fahren irgendwann nach Amerika. Wenn die Kinder größer sind, fahren wir alle nach Amerika. Ich verspreche es dir.«

»Das hast du schon einmal versprochen!« Rosa wird immer lauter. »Dann hast du deine Meinung geändert und bist zurückgekommen, bevor ich überhaupt da war. Arno, ich fahre nach Amerika.« Sie schlägt den Deckel des Koffers zu.

»Wir fahren alle zusammen, bald!«

»Ich will allein fahren. Jetzt.«

»Womit sollen wir das bezahlen?«

Rosa holt tief Luft. Sie schaut aus dem Fenster, schickt ihre Worte in die leere Straße hinaus.

»Ich habe den Anteil für mein diesjähriges dreizehntes Monatsgehalt ausbezahlt bekommen.« Rosa streicht über die Bettdecke, glättet alle Falten. »Ich gehe nicht wieder in die Praxis, wenn ich zurückkomme.«

»Du hast gekündigt?«

Das Geschrei aus dem Kinderzimmer nimmt zu.

»Vertragt euch!« Arno steht auf, geht zur Wand, klopft mit der Faust dagegen.

»Und was sag ich meinen Eltern?«

»Die Wahrheit?« Rosa grinst.

Eines der Mädchen weint.

»Dass du sonst verrückt geworden wärst diesen Sommer?«

Irgendetwas geht zu Bruch im Kinderzimmer.

Arno lässt sich auf das Bett fallen und lacht. Er schüttelt sich vor Lachen. Rosa fällt zögerlich mit ein.

»Ja, genau.«
»Ja, genau. Komplett verrückt.«

Ich wache auf und taste meinen Körper ab, schaue dabei an die weit entfernte Decke. Ich bin vierunddreißig. Ich liege nackt im Bett. Ich streiche mit einer Hand über meinen Bauch, lasse sie dort liegen. Mit dem Ein- und Ausatmen bewegt sie sich sanft hoch und runter. Die andere Hand lege ich zwischen meine Beine, auf mein Geschlecht, wo es warm und weich ist. Von der Straße dringt der Lärm der Stadt ins Zimmer.

Ich stehe auf, ziehe mir ein Shirt über und gehe in die Küche. Ich genieße die Ruhe am frühen Morgen. Ich mache Kaffee. Die Wände in der Küche sind kahl, hier gibt es noch einiges zu tun. Es stört mich nicht. Ich habe eine eigene Wohnung gefunden und ich bin die Hauptmieterin. Ich habe alles so eingerichtet, wie es mir gefällt.

Mit zwei Tassen Kaffee in der Hand gehe ich zurück in mein Zimmer. Ich stelle sie auf den Nachttisch und schlüpfe zurück zu dem Mann im Bett. Er wacht langsam auf und ich drücke mich an seinen Körper. Er legt seinen Arm über meine Hüfte. Ich lege meine Hand auf seine und führe sie über meine Brüste, meinen Bauch, meinen Hintern. Ich lasse seine Hand los, sie streichelt mich weiter. Dabei berühre ich mich und ihn mit meinen Händen, an den Schultern, am Hals, bis zu den Beinen. Wir sind ein Knäuel aus Haut und Gliedern und Atemstößen.

Später trinken wir den kalt gewordenen Kaffee im Bett. Er zieht sich an und geht zur Arbeit. Ich weiß nicht, wann ich ihn wiedersehen will, ob ich ihn wiedersehen will. Es stört mich nicht.

Rosa schließt die Haustür. Sie lässt ihre Hände einen Moment auf der Klinke ruhen, atmet durch die Nase ein und aus. Das Metall in ihren Fingern ist kalt. Sie umfasst es fester. Die Pyjamahose flattert um ihre Beine. Die ersten Male hat sie ihre Tochter noch begleitet bis zum Kindergarten. Gestern hat die Kindergärtnerin Rosa angesprochen.

»Oft sind die Kinder mutiger als die Erwachsenen.«

Sie hat spitz gelacht dabei. Erst auf dem Nachhauseweg hat Rosa verstanden, was sie ihr wohl damit sagen wollte.

Rosa hastet zum offenen Fenster im Wohnzimmer. Sie lehnt den Oberkörper so weit wie möglich raus. Vorne an der Straßenecke steht ihre Tochter und dreht den Kopf mehrmals nach rechts und nach links. Quer über den Körper trägt sie einen orangen Leuchtstreifen und darüber das von Rosa selbst genähte Täschchen. Heute hat Rosa ihr einen Apfel und ein Kaubonbon hineingesteckt.

Sie sieht, wie das Kind einen Schritt vorwärtsmacht. Sie hält die Luft an. Ihre Tochter überquert die Straße und dreht sich auf der anderen Seite um. Wie vereinbart hebt das Mädchen die Hand und winkt zum Haus. Zwei Kinder mit orangen Leuchtstreifen nähern sich ihrer Tochter. Alle drei hüpfen davon.

Rosa lässt sich auf das Sofa plumpsen. Sie hat letzte Nacht kaum geschlafen und war schon früh wach. Sie reibt sich die roten Augen. Es brennt. Es kommen noch ein paar Tränen. Rosa wischt sie sofort mit ihrem Handrücken weg.

Sie geht in die Küche, schmeißt ihr Frühstücksbrot weg. Sie schaut auf die Uhr am Backofen. Es ist noch zu früh, um mit dem Mittagessen zu beginnen. Eingekauft hat sie gestern schon. Geputzt auch. Langsam zieht sie die Schublade des Küchentisches auf. Neben ein paar Sonnenbrillen und Arnos Lesebrille liegt eine kleine Plastikschachtel. Rosa nimmt sie mit beiden Händen, schließt die Schublade mit einem Stoß ihrer Hüfte.

Im Wohnzimmer hockt sie sich auf das Sofa, leert den Inhalt der Schachtel aus. Ein paar Münzen kullern heraus, 20- und 10-Rappenstücke, ein Fünfliber. Die Passfotos der Kinder sortiert Rosa auf die eine Seite, neben das Ferienfoto aus Kärnten vom letzten Jahr. Die dicken Silbermünzen sortiert sie auf die andere Seite. Sie zählt sie mehrmals. Arno sagt, sie sind etwas wert. Nicht ein Vermögen, aber doch genug, um ein paar Mal das Auto zu tanken und die neue Stromrechnung zu bezahlen. Rosa seufzt.

Entschlossen erhebt sie sich und geht zum Telefon.

»Papa? Hallo! Wie geht es euch? Ja, uns gehts gut, die Kleine ist im Kindergarten jetzt, ja. Sie fragt oft nach ihrem Nonno, ja! Du, ich mache bald Mittagessen. Deswegen habe ich auch nicht viel Zeit, ich wollte dich nur etwas fragen.«

Rosa beginnt zu stottern.

»Weißt du, du hast uns doch schon einmal geholfen. Da ist eine Rechnung von den Handwerkern gekommen.«

Sie redet schneller.

»Und eine andere Rechnung. Es ist ja bald Monatsende, aber bis dahin, weißt du, es wäre nur zum Überbrücken. Papa, ein bisschen ist es grad knapp. Ich würde ja die Silbermünzen … du kennst da doch jemanden.«

Am anderen Ende ist es still. Rosa hält die Luft an. Als sie das letzte Mal die Silbermünzen erwähnt hat, hat ihr Vater es ihr ausgeredet. Am gleichen Tag noch hat er einen Betrag auf Arnos Konto überwiesen.

»Steuerrückzahlung, seid ihr euch da sicher?«

Rosa hört ihren Vater sich räuspern.

»Das war doch früher bestimmt auch so bei euch, bei uns, als wir noch klein waren. Die Kinder brauchen immer irgendetwas.«

»Rosa, ich kenne da jemanden, einen Bekannten.«

Rosas Herz schlägt heftig.

»Was tust du den ganzen Tag allein daheim? Ich ruf ihn gleich an und morgen gehst du da vorbei. Der bezahlt ganz gut und die Arbeit ist leicht.«

Es dauert einen Moment, bis Rosa versteht.

»Und die Silbermünzen?«

In der Leitung ist es wieder still.

»Papa? Bist du noch dran?«

»Ja. War sonst noch was?«

Rosas Augen brennen wieder. Sie reibt sie mit der freien Hand.

»Nein, ist schon gut, das war alles. Danke.«

Rosa hängt auf. Mit dem Arm wischt sie über den Salontisch und fegt alles herunter. Münzen kullern unter das Sofa und unter die Kommode. Sie lässt sich sofort auf die Knie fallen und beginnt sie einzusammeln.

Ich bin achtzehn und klopfe an die Tür von Nonnas Zimmer im Altersheim. Ohne auf eine Antwort zu warten, trete ich ein. Nonna hört das Klopfen nicht, wenn sie auf dem Balkon sitzt und auf die Kirche und den Friedhof schaut, wo Nonno liegt. Manchmal nickt Nonna auch auf dem Sofa ein oder schaut fern mit maximaler Lautstärke.

Als sie mich eintreten sieht, strahlt sie mich an. Ich gehe zum Fernseher, aus dem eine italienische Talkshow schallt, und schalte das Gerät aus. Nonna klopft mit der Hand auf den leeren Platz neben ihr auf dem Sofa. Ich setze mich und küsse sie auf beide Wangen. Sie riecht nach Puder und Haarspray und ihre Haut ist ganz weich. Sie schiebt eine angefangene Packung Pralinen zu mir über den Salontisch.

Einige sind schon angeknabbert. Nonna fragt mich, ob ich gestern das Abendprogramm im Fernsehen geschaut habe. Ich schaue immer ein bisschen Fernsehen, bevor ich zu Nonna gehe, damit wir darüber sprechen können. Sie lacht und hört nicht auf, mich anzustrahlen und meine Hand zu drücken. Ich frage sie, ob sie spazieren gehen will oder auf den Friedhof. Sie lässt sich überreden. Ich helfe ihr, sich anzuziehen. Ich lackiere ihre Nägel mit dem hellroten Nagellack, den ich mitgebracht habe. Ich bringe ihre Schuhe zum Sofa, binde die Schnürsenkel. Beim ersten Mal sind sie zu eng. Die gelegten Locken richtet sie sich selbst vor dem Handspiegel mit den Fingern. Ich finde den richtigen Lippenstift im Bad, sie trägt ihn auf und spritzt sich noch ein bisschen Parfüm auf den Hals.

Auf den Rollator gestützt geht Nonna voraus. Im Gang begegnen wir einer Betreuerin und einigen anderen Bewohnerinnen und Bewohnern. Manche verbringen den ganzen Tag auf einem Stuhl und reagieren nicht, als wir sie grüßen. Nonna weiß, wer Parkinson hat, wer Krebs und wer schon bald hundert Jahre alt wird.

Draußen weht ein leichter Wind und ich muss zurück, um Nonna ein Foulard zu holen. Dann gehen wir sehr langsam die Straße hinunter zum Friedhof. Sie bleibt immer wieder stehen und ich lege meine Hand auf ihre. Ich berichte ihr von der Schule und von Anna und von Mama und Papa.

Das letzte Stück zum Grab ist ein Kiesweg. Mit dem Rollator kommt Nonna hier nicht vorwärts. Sie lässt die Gehhilfe stehen, hängt sich bei mir ein. Wir kommen an Gräbern vorbei von Toten, die ich nicht kannte. Nonna kennt alle, die hier liegen. Ihr Schwager, ihre Nachbarin, das Kind ihrer Freundin. Ich kenne die Geschichten, Nonna erzählt sie mir noch einmal. Der Autounfall, der Selbstmord, der Tumor. Auf den meisten Gräbern stehen Kerzen und ich zünde sie beim Vorbeigehen an. Dann stehen wir vor Nonnos Grab. Nonna schweigt. Ich bücke mich, zünde die Kerze an. Nonna atmet hörbar, hängt schwer an meinem Arm.

»Er wollte, dass ihr ihn Nonno nennt, er wollte das selbst, schon immer. Wusstest du das?«

Ich schüttle den Kopf.

Nonna krallt ihre Finger in meine, drückt meine Hand.

»Ich will auch da sein, bei ihm. Warum muss ich immer weiterleben?«

Am späten Nachmittag sind wir zurück im Heim. Als ich Nonna die Schuhe und die Jacke ausgezogen habe, lächelt sie wieder. Sie schickt mich zum Nachttisch neben ihrem Bett.

»Hol mir eine, sei so lieb.« Sie zwinkert mir zu.

Ich öffne ihr Versteck und bringe ihr eine Zigarette. Streichhölzer und Aschenbecher liegen unter dem Sofa. Nonna bittet mich, ein Handtuch vor den Türspalt zu legen und die Balkontür zu öffnen. Dann steckt sie sich die Zigarette in den Mund und lässt sich von mir Feuer geben. Sie spitzt ihre Lippen und die Haut darum kräuselt sich. Sie raucht genüsslich. Eine Rauchwolke schwebt an ihrem Gesicht vorbei zur Decke. Nonna lacht. Dabei rasselt es in ihrem Brustkorb so laut, dass ich es hören kann. Sie raucht immer nur heimlich, ihr ganzes Leben lang. Seit sie im Heim ist, raucht sie nur in ihrem Zimmer. Früher hat sie nur zu Hause geraucht.

Ich helfe Nonna, sich ins Bett zu legen, und stelle ein Programm auf dem italienischen Sender ein. Sie packt meine Hand. »Gehst du schon?« Ich nicke. Sie richtet den

Blick auf den Fernseher, lässt meine Hand nicht los. Ich bleibe eine Weile neben ihr stehen. Dann nehme ich meinen Rucksack, suche den Autoschlüssel. Ich beuge mich über sie, küsse und drücke sie.

Nonna weint. Sie sagt, ich solle noch bleiben, wenigstens bis zum Ende des Fernsehprogramms. Ich bleibe, halte ihre Hand. Lautlos rinnen ein paar Tränen über ihr Gesicht. Wenn sie den Kopf zu mir dreht und mich anschaut, lächelt sie durch die Tränen.

Ich halte es nicht länger aus, tupfe ihre Wangen mit einem Taschentuch ab, küsse sie noch einmal und verlasse das Zimmer.

Der Baum, auf dem Johanna ihren Sohn sitzen sieht, trägt nur noch wenige Blätter. Sie verspürt einen Stich bei dem Gedanken daran, dass er die ganze Nacht da oben verbracht hat. Ihre Schritte werden zu einem Stampfen. Sie zieht ihre Jacke enger um sich. Als sie den Baum erreicht hat, durchfährt es sie heiß und kalt. Sie müsse strenger sein mit dem Buben, sagt Franz immer, sie verweichliche ihn, er werde nie ein Mann, er habe ja nicht mal Interesse, mit ihm, dem eigenen Vater, in den Wald zu gehen und zu schießen. Johanna weiß, wie gerne Arno auf alles zielt und schießt und knallt und schleudert. Daran liegt es nicht.

»Komm da sofort runter, du Bengel!« Sie hört ihre Stimme, hört, wie ihre Worte schriller aus ihrem Mund kommen, als sie will. Sie stützt sich mit beiden Händen am Stamm des Baumes ab. Ihr Atem bildet Wölkchen vor ihrem Gesicht. Sie blickt hinauf zu Arno, sieht, wie er die Augen öffnet. Das geschwollene Auge geht nur einen Schlitz weit auf. Langsam kommt er zu sich und schaut sich ungläubig um. Beinahe verliert er das Gleichgewicht, kann sich noch an einem Ast festhalten. Umständlich bringt er sich wieder in Position.

»Eine so depperte Idee, Arno! Bist du narrisch geworden? Komm sofort herunter! Wenn dein Vater kommt, na warte!«

»Nie mehr, Mutti, versprich es mir, nie mehr darf Vati das tun!« Johanna seufzt.

»Ich komme nicht heim. Nicht, bevor du es mir versprichst.«

»Arno, du verstehst das nicht.«

Er verkeilt die Füße unter dem Ast ineinander.

»Jetzt aber dalli. Ich mach dir Frühstück. Wir gehen jetzt, komm.«

»Versprichst du es mir?« Ihr Bub blickt sie an, mit einem zugeschwollenen, verkrusteten Auge und einer dicken Lippe. Stumm schauen sie einander in die Augen.

»Versprochen!«

Arno klettert vom Baum runter und lässt sich den letzten Meter zu Boden fallen. Sofort rappelt er sich auf, streckt sich. Johanna streicht ihm über den Kopf, tätschelt sein eiskaltes Gesicht. Mit einem Schürzenzipfel wischt sie ihm die Hände und die Wangen sauber. Arno schnäuzt sich in den Stoff. Ein paar Meter gehen sie nahe beieinander, stolpern einander fast über die Füße. Sie fassen sich an der Hand. Arno drückt fest zu. Als das Wirtshaus in Sicht ist, lässt Johanna los, gibt ihrem Sohn einen Klaps auf die Schulter. Arno spurtet los.

Ich sehe Anna, bevor sie mich sieht. Sie lehnt am Auto und verschränkt die Arme über der Brust. Als sie mich entdeckt, kommt sie auf mich zu und nimmt mir den Koffer aus der Hand.

»Wie war die Fahrt?«

»Ganz gut, lange wie immer.« Ich strecke mich übertrieben. Der Zugmief klebt in meinen Haaren und ich habe das dringende Bedürfnis, die Hände zu waschen.

Ich komme regelmäßig zu Besuch in die Schweiz. Meine Mutter sagt, es sei zu selten. Es ist jedes Mal ein spezielles Ereignis. Hier bleibt immer alles beim Alten.

Wir fahren durch die Kleinstadt. Ich betrachte sie aus dem Fenster. Ich freue mich darauf, morgen in den Straßen spazieren zu gehen, in den Geschäften einzukaufen, zufälligerweise jemanden zu treffen, den ich kenne, ein »Hallo« beim Vorbeigehen zu rufen.

Anna und ich plaudern. Unser Dialekt fühlt sich in meinem Mund ein paar Sätze lang etwas seltsam an. Dann entspannt sich mein Kiefer, mein Kopf, die Sätze fließen aus mir heraus. Nur wenn ich Dialekt spreche, höre ich mich nicht selbst. Anna macht einen unserer Familien-Running-Gags. In meinem Bauch schwappt es warm hin und her.

Mein Vater küsst mich zur Begrüßung, rechts, links, rechts. Meine Mutter umarmt mich und küsst mich und umarmt mich. Sie fragt als Erstes, wie lange ich bleibe.

»Bis nächste oder übernächste Woche.«

»Dann gehst du schon wieder?« Meine Mutter verzieht den Mund.

Das Abendessen steht auf dem Tisch. Wir nehmen Platz. Ich fahre ein paar Wasserringen mit dem Zeigfinger nach.

»Nur noch hundertelf Tage bis Weihnachten«, sagt meine Mutter.

Verrückt, nicken wir alle.

»Fühlt sich gar nicht so an«, sagt Anna.

Auf dem Tisch steht eine dampfende Schüssel Spaghetti mit Pesto und daneben eine Schüssel mit Blattsalat. Ich esse nur den Salat. Ich würde mir gerne ein Butterbrot holen. Warum meine Mutter ausgerechnet heute etwas kocht, was ich nicht mag, verstehe ich nicht. Ich sage es nicht. Anna liebt Pestosauce und Papa auch.

Als alle Teller und Schüsseln leer sind, steht meine Mutter auf und trägt das dreckige Geschirr in die Küche. Anna döst im angrenzenden Wohnzimmer auf dem Sofa. Der Fernseher läuft. Mein Vater sitzt noch am Tisch. Er hat sich die Brille aufgesetzt und drückt mit gerunzelter Stirn auf Mamas Handy herum.

Später gehe ich zu meinem Vater in die Werkstatt, wo er damit beschäftigt ist, mein Rad auf Vordermann zu bringen. »Morgen kannst du gleich damit rumfahren«, sagt er und klopft auf den Sattel, dabei rutscht ihm die Brille etwas vom Nasenrücken. Er rümpft die Nase, schiebt das Gestell mit dem Finger wieder hoch. Ich möchte ihn gerne umarmen. Ich nicke und sage »Ja« und »Danke«.

Arno setzt sich an den Küchentisch. Es wird langsam hell draußen. Vor ihm auf dem Teller liegen zwei Schinkenbrote. Die Augen fallen ihm fast zu. Er blättert die Zeitung durch. Wenn er von der Nachtschicht kommt, weiß er manchmal nicht, ob die Müdigkeit oder der Hunger größer ist. Als das Telefon klingelt, geht er ran, sagt ein paar Mal »Ja« und »Ich verstehe«, dann legt er wieder auf. Er lässt sich auf den Stuhl zurückfallen, kratzt sich am Kopf, fährt sich mit zwei Fingern über den Schnauz. Rosa steht neben ihm. Er seufzt.

»Das Krankenhaus. Mutti hatte einen Herzinfarkt. Ich muss hinfahren.«

Es ist kurz vor Mittag und Arno sitzt im Zug. Seit dem Frühstück, das eigentlich sein Abendessen war, hat er nichts gegessen und nicht geschlafen. Rosa hat ihm Sandwiches gemacht und sie mitsamt einer Packung Kekse und Obst oben auf sein Gepäck gelegt. Arno nickt ein, sein Kopf fällt unkontrolliert nach vorne. Jedes Mal wacht er dabei wieder auf. Er fährt in verschiedenen Zügen, steigt mehrmals um, isst die Sandwiches und die ganze Packung Kekse. Als es draußen dämmert, findet er sich plötzlich in Klagenfurt am Bahnhof wieder. Es ist eiskalt. Arno friert nicht. Er ist nicht hungrig, er hat keine Angst, er ist nicht traurig. Er spürt nichts. Er wartet.

Er sieht das Aufblenden der Lichter eines Autos hinten bei den Parkplätzen. Er setzt sich zu Frieda ins Auto und sie fahren los. Frieda war heute den ganzen Tag bei der Mutter im Krankenhaus.

»Mutti ging es heute so weit gut«, sagt sie. »Die Krankenschwestern sind nett. Sie will natürlich so schnell wie möglich heim. Oder zu Vati. Aber erst kommst du noch einmal heim, habe ich zu ihr gesagt. In ein paar Tagen vielleicht, hat die Ärztin gemeint. Einen Herzinfarkt könne man überleben. Du weißt ja, wie zäh sie ist.«

Es ist ruhig im Dorf und auf dem Hof, als sie ankommen. Arno bemerkt die Stille erst, als Frieda den Motor ausmacht. Seit seine Schwester und die Mutter allein im alten Wirtshaus wohnen, nutzen sie nur noch das Erdgeschoss mit den zwei Schlafzimmern, dem Bad und der Küche. Vatis Holzhäuschen hat Frieda letztes Jahr abreißen lassen, der Garten ist verwildert. Arno weiß, wie sehr

Mutter und Tochter einander brauchen, nur noch sich haben.

»Ruh dich aus, ich habe dir dein Bett hergerichtet. Morgen früh fahren wir ins Krankenhaus.« Friedas Anweisung beendet Arnos Gedanken. Er legt sich hin, schläft sofort ein.

Es ist noch dunkel draußen, als Arno aufsteht und sich anzieht. Er nimmt Friedas Autoschlüssel vom Küchentisch und fährt ins Krankenhaus.

Es wird langsam hell, seiner Mutter wird gerade das Frühstück serviert. Ihre Zimmernachbarin frühstückt schon. Ein paar Sonnenstrahlen fallen auf das grau-weiß gemusterte Linoleum. Die weißen Gummischuhe der Krankenschwester quietschen beim Gehen.

Arno tritt mit besorgtem Blick ans Bett seiner Mutter. Sie lässt sich ins Kissen zurückfallen und strahlt ihn an. Er nimmt einen Hocker und setzt sich zu ihr.

»Arno!«, flüstert sie, gefolgt von einem leisen Stöhnen. Er sieht den feuchten Glanz in ihren Augen. Er drückt ihre Hand. Sie ist zerbrechlich, die Haut schimmert transparent, durchzogen von blauen Adern. Ihre Haut ist die weichste Haut, die er kennt. Ihr einst so harter Griff ist schlaff. Es ist ihm, als ob ihre beiden Hände ineinander gehörten, ohne einander immer allein wären.

Arno schmiert seiner Mutter eins der Brote und bringt sie dazu, einen Bissen zu nehmen. »Meine Marmelade schmeckt besser«, sagt sie und verwehrt jeden weiteren Bissen. Zu ein paar Schlucken Tee kann er sie noch überreden.

Die Ärztin betritt das Zimmer und unterhält sich mit der Zimmernachbarin. Die Frau muss sich ausziehen. Der Vorhang zwischen den Betten wird zugezogen. Arno fühlt sich unwohl. »Ich hole mir einen Kaffee beim Automaten,

Mutti. Sobald die Ärztin die Frau fertiguntersucht hat, komme ich zurück, ja?«

Seine Mutter nickt und lächelt ihn an. »Gut, dass du jetzt da bist.«

Ungewöhnliche Geräusche aus der Küche wecken mich. Jemand kocht Tee, die Mikrowelle piepst und etwas fällt zu Boden. Anna ist im Schullager. Ich ziehe einen Pulli über meinen Pyjama und gehe die Treppe runter. In der Küche steht Tante Frieda. Sie trägt Jeans und einen Wollpulli, im Hals und an den Ärmeln lugen die Umschläge einer Bluse hervor. Ihr Haar thront in großen, roten Locken auf ihrem Kopf. Die Pracht hört auf Höhe ihrer Ohren auf. Um ihren Hals baumelt eine goldene Kette mit einem großen Anhänger aus blauem Stein. In der einen Hand hält sie den Teekrug, mit der anderen wühlt sie in Mamas Teebeuteln.

Frieda stellt den Krug ab und geht einen Schritt auf mich zu. Sie küsst mich einmal auf jede Wange, lacht ihr heiseres Lachen.

»Grüß dich.«

Ich freue mich, Frieda zu sehen.

»Ich muss mich ja schon fast nicht mehr zu dir runterbeugen, so viel bist du gewachsen! Willst du auch einen Tee?« Frieda hält den Krug hoch. »Wieso hat die Mama so viele Sorten, ich kann mich gar nicht entscheiden.«

Frieda redet und redet.

Ich gebe keine Antwort, beobachte sie verwirrt. Frieda dreht sich um. Ich tänzle von einem Fuß auf den anderen. Die Fliesen sind kalt.

»Ja, ok, Tee«, sage ich und gehe ins Wohnzimmer.

Frieda kommt mir nach, schenkt uns beiden ein.

»Wie läufts in der Schule? Bist du noch Klassenbeste?«

Ich strahle und nicke, strecke meinen Rücken und werde ein Stück größer.

»Ich wusste gar nicht, dass du kommst«, sage ich nach ein paar Schlucken Tee.

»Ich bin gestern Abend losgefahren. Heute sehr früh war ich dann hier. Man muss doch spontan sein im Leben, nicht wahr?! Ein Überraschungsbesuch für dich sozusagen.«

Ich zucke die Schultern.

»Bist du nicht müde geworden bei der langen Fahrt?«

»Schon ein bisschen. Aber ich habe mich so gefreut, dich zu sehen, ich habe nur daran gedacht. Die Mutti, also die Omi, die lässt dich lieb grüßen.«

Frieda schaut auf die Uhr.

»Wann musst du zur Schule?«

Ich erschrecke.

»Hat Mama vielleicht verschlafen? Ich gehe sie wecken. Sie muss gleichzeitig mit mir aus dem Haus. Jetzt müssen wir uns aber beeilen.«

Als ich an Frieda vorbei zur Treppe gehe, hält sie mich sanft am Arm fest.

»Sie sind nicht da.«

Ich lache.

»Wo sollen sie denn sonst sein?«

Frieda drückt meinen Arm etwas fester.

»Sie haben sich ein paar Tage freigenommen.«

Ich versuche Friedas Griff abzuschütteln.

»Lass mich!«, sage ich wütender als beabsichtigt.

Frieda lässt meinen Arm sofort los. Ich eile ins Elternschlafzimmer. Die Betten sind säuberlich gemacht. Mamas Wecker piepst ins Leere.

Ich trödle auf dem Weg zur Schule. Als ich das Klassenzimmer betrete, schaut die Lehrerin mich an, als wollte sie mich gleich schimpfen. Doch sie schließt den Mund einfach wieder. Ich gehe wortlos an meinen Platz. Ich erzähle den ganzen Tag keinem von Frieda und dass meine Eltern weg sind.

Nach der Schule hocke ich mich auf dem Spielplatz hinter eine Kletterstange. Es ist kalt und den ganzen Nachmittag kommen keine anderen Kinder. Das Brot, das mir Frieda am Morgen mitgegeben hat, rühre ich nicht an. Als meine Zähne zu klappern beginnen, trotte ich nach Hause.

Frieda steht in der Küche. Ich setze mich an den Esstisch und fahre mit den Fingern über die Wasserringe auf dem Holz, ziehe so viele Kreise wie möglich, ohne die Finger zu heben.

Frieda stellt mir einen Teller mit zwei Würstchen im Schlafrock hin. Ich presse die Lippen zusammen. Sie hat sogar Ketchup gekauft. Es duftet herrlich. Ich schüttle den Kopf.

»Und wenn ich das Würstchen rausnehme und du nur den Teig isst?«

»Wenigstens das hätte Mama dir sagen können!«, sage ich mit vor der Brust verschränkten Armen. Ich schaue an Frieda vorbei aus dem Fenster.

Mein Magen knurrt. Sogar Frieda hört es und schaut mich bittend an. Ich reiße den knusprigen Teig um das Würstchen weg, tunke es in Ketchup. Meine Finger sind fettig. Frieda legt ihre Gabel und das Messer neben ihrem Teller ab und isst ihr Würstchen auch mit den Fingern. Ein Kichern entfährt ihr und sie schlägt sich die Hand vor den Mund. Ich lasse mich anstecken von ihrer Fröhlichkeit. Sie quetscht uns beiden mehr Ketchup auf die Teller.

»Und jetzt fernsehen!«, sagt sie und steht auf.

Ich strecke mich auf der Récamiere aus. Das ist Papas Platz. Frieda zappt und ich rufe »Stopp«. Wir landen bei einer Quizshow. Ich tippe die Antworten der ersten und zweiten Frage richtig. Dann ist Frieda dran mit Raten. Meine Gedanken schweifen ab, plötzlich weine ich. Ich lege meinen Kopf in Friedas Schoß. Sie streicht mir die Haare aus dem Gesicht.

»Sie kommen bald wieder, ich verspreche es«, flüstert sie.

»Was soll das bringen?«, brüllt Rosa. »Seit zwei Tagen sind wir hier, haben uns in diese Ferienwohnung verkrochen, um unsere Probleme zu lösen, und kauen doch immer wieder das Gleiche durch. Ich kann nicht mehr, Arno.«

Ihr Hals kratzt und die Augen brennen.

»Wir können nicht einfach aufhören.« Arnos Stimme ist gefasst, er geht im Zimmer auf und ab.

»Wieso denn nicht? Du fährst heim, dahin, wo du herkommst, zu deiner Mutter, deiner Schwester, so wie du es dir wünschst. Ich bleibe hier in der Schweiz, wir unterschreiben die Scheidungspapiere und können beide tun und lassen, was wir wollen.«

»Als ob ich ohne euch zurückkönnte! Glaubst du wirklich, ich würde meine Kinder zurücklassen? Hältst du mich wirklich für so stumpf?«

»Anna ist fast erwachsen und selbstständig. Die braucht dich nicht mehr. Und um die Kleine kann ich mich schon allein kümmern.«

»Natürlich brauchen sie mich noch. Sie brauchen uns, Rosa. Sie brauchen uns als Mutter und Vater, als Eltern.«

Rosa beginnt die Kleidungsstücke, die im Zimmer verteilt sind, in ihre Tasche zu packen.

»Ich muss jetzt zurück. Ich kann Frieda nicht noch eine Nacht allein im Haus lassen. Unsere Kleine braucht ihre Mutter, braucht mich. Meinst du, sie hat nichts gemerkt?«

Arno lässt sich auf den Sessel fallen.

»Ja, geh ruhig zurück und stell mich hin wie einen Verbrecher. Einen, der seine Familie verlässt und ein schlechter Vater ist.«

Rosa wühlt in der Tasche, reißt Arnos Kleidungsstücke raus und wirft sie auf seine Seite des Bettes. Sie stopft ihre T-Shirts, die Wäsche, ihr Necessaire in die Tasche und schließt den Reißverschluss. Aus dem Augenwinkel sieht sie, dass Arno noch immer bewegungslos im Sessel sitzt. Sie richtet sich mit einem Ruck auf, schultert die Tasche und öffnet die Tür. Sie hört ein Schniefen, dreht sich um zu ihrem Mann.

Arno hat sein Gesicht in den Händen vergraben. Sein Oberkörper zuckt. Das Schniefen wird zu einem Schluchzen. Er löst die Hände, sucht in seinen Taschen nach einem Taschentuch, findet keines. Die Tränen laufen ihm jetzt übers Gesicht. Rosa lässt die Tasche fallen. Langsam geht sie auf Arno zu. Er steht auf. Sie streicht ihm mit der Hand über die Wange. »Arno, Arno«, wiederholt sie mehrmals.

Sie umarmt ihren Mann, während sein Oberkörper vom Weinen geschüttelt wird.

»Psst«, flüstert sie ihm ins Ohr.

Rosa hält Arno fest, bis er sich beruhigt hat.

»Morgen fahren wir zusammen heim. In unser Zuhause.«

Arno nickt und lässt sich von ihr auf die Stirn küssen.

Ich bin dreiunddreißig Jahre alt. Ich suche eine Adresse in einer Gegend Wiens, in der ich noch nie war. Ich trete einen Schritt zurück auf dem Gehweg, als ein Bus auf der Straße an mir vorbeidonnert. Ich nehme mein Handy hervor und suche nach der Nachricht mit der Adresse, die mir C. gestern geschickt hat. Ich gebe sie noch einmal in die Suchleiste ein. Ich bin zehn Minuten in die falsche Richtung gelaufen. Ich drehe um, komme an einem hässlichen Hundepark vorbei. Das Telefon klingelt, ich bin schon etwas zu spät. C. wartet vor einem großen Wohngebäude.

Er hat einen Bund mit drei Schlüsseln in der Hand und öffnet mit einem davon die Haustür. Er steigt die Treppe vor mir rauf. Die Wohnungstüren sind mit Kombinationen aus Nummern und Buchstaben versehen. C. bleibt vor einer Tür stehen, öffnet sie mit einem der Schlüssel. Wir gehen durch die leere Wohnung.

»So eine hätte ich mir gewünscht, als ich letztes Jahr eine Wohnung gesucht habe. Hast du ein Glück.«

In das kleine Wohnzimmer fällt mildes Nachmittagslicht.

»Ist sie halbwegs bezahlbar?«

»Ich kenne den Vermieter. Ist sehr bezahlbar.« C. kann seinen Stolz nicht verbergen.

In der Küche steht ein einzelner Stuhl. Ich setze mich darauf und überschlage die Beine.

»Wirklich sehr hübsch. Ich muss zugeben, ich bin neidisch. Aber sie ist weiter weg von mir zu Hause. Ich dachte, du wolltest eher in meine Nähe ziehen.«

»Unmöglich, in deiner Nähe eine bezahlbare Wohnung zu finden.«

Sein Grinsen fängt an, mich zu nerven. C. spielt mit den drei Schlüsseln zwischen seinen Fingern.

»Würdest du denn hier einziehen?«

»Wir hatten das doch schon. Außerdem ist diese Wohnung sowieso viel zu klein für zwei Personen.« Ich werde ungeduldig.

»Ich weiß. Komm mit!« C. zieht mich vom Stuhl hoch und aus der Wohnung raus. Ich schüttle seinen Griff ab. Er küsst mich und hält mir einen Schlüssel vors Gesicht.

»Da!« Er deutet auf die zweite Wohnungstür auf dem gleichen Stock. Ich nehme ihm den Schlüssel aus der Hand und öffne die Tür. Es ist eine ebenso hübsche Wohnung wie die andere. Im Wohnzimmer drehe ich mich zu C. um.

»Na, was sagst du?«

»Ich denke, du solltest diese hier nehmen. Könnte sein, dass du hier länger Sonne hast.«

Er lacht und schüttelt den Kopf.

»Ich meine, was sagst du dazu, wenn wir beide Wohnungen anmieten. Du eine und ich eine!«

»Ach so.« Ich stoße meinen Atem geräuschvoll aus der Nase und setze mich im Schneidersitz auf den Boden. C. hockt sich neben mich, streckt die Beine aus. Ich kneife meinen Mund zu und schaue ihn ratlos an.

»Es ist keine gemeinsame Wohnung!«

»Du hast mich ausgetrickst!« Ich deute einen Boxschlag gegen seine Schulter an. Er lacht, beugt sich zu mir und spitzt mir seine Lippen entgegen.

»Nur, wenn ich aussuchen darf, welche der beiden Wohnungen meine ist.« Ich erhebe mich und gehe zum Fenster.

»Wir könnten auch mal tauschen. Nach einem Jahr oder so.«

C. folgt mir.

»Du spinnst ja.« Ich zeige ihm den Vogel.

Wir müssen beide lachen.

Arno lenkt das Auto in die Einfahrt. Es rollt noch, als Rosa schon aussteigt. Ihre Tochter läuft ihr im Pyjama entgegen. Arno sieht, wie sich seine Frau und seine Tochter fest umarmen. Das Mädchen beginnt zu weinen.

»Warum wart ihr so lange weg?«

Rosa lacht.

»Es waren doch nur zwei Tage.«

Die Tränen seiner Tochter trocknen schnell. Arno steigt aus und nimmt die Tasche vom Rücksitz. In der Küche begrüßt er seine Schwester Frieda mit einem Kuss auf jede Wange.

»Hat alles gut geklappt?«

»Ja, sie war ganz artig. Wir haben gestern einen Kuchen gebacken. Ich habe erlaubt, dass sie einen Tag nicht zur Schule geht.«

»Was? Das Kind muss doch zur Schule!«

»Es ging halt nicht. Was hätte ich tun sollen?«

»Sie zur Schule schicken!«

»Arno, das ist doch nicht so schlimm. Es war nur ein Tag.«

Arno seufzt.

»Wie sollst du auch etwas verstehen von Kindererziehung«, murmelt er.

Mit offenem Mund steht Frieda neben der Kaffeemaschine.

»Ja, wie auch.« Sie senkt den Kopf.

Arno legt eine Hand über die Augen, streift mit der Handfläche über seine Wangen und sein Kinn, atmet laut aus.

»Frieda, es tut mir leid.«

Frieda geht wortlos aus der Küche.

Arno betritt wieder das Krankenhauszimmer, in dem seine Mutter seit einem Tag liegt, in der Hand hält er einen Becher Kaffee. Er ist unglaublich müde. Die Ärztin ist weg, das Bett der Zimmernachbarin leer. Er räumt das Frühstückstablett zur Seite und nimmt wieder auf dem Hocker neben dem Bett seiner Mutter Platz. Sie hat die Augen geschlossen. Arno registriert, wie sie einen tiefen Atemzug nimmt. Sie ist doch erst aufgewacht und hat gefrühstückt, wie zerbrechlich sie geworden ist, denkt er. Er will hier bei ihr warten und ihre Hand halten, bis sie aufwacht. Er hört seine Mutter ein weiteres Mal tief und lange einatmen. Langsam, mit einem leisen Pfeifton entweicht die Luft ihrem Mund. Er betrachtet ihr Gesicht. Wenn es entspannt ist, zeigen ihre Mundwinkel trotzig nach unten. Wie bei seiner Tochter. Arnos Blick gleitet aus dem Fenster. Auf den Berggipfeln liegt schon Schnee, das wird er seiner Mutter gleich zeigen, wenn sie aufwacht. Arno schaut seine Mutter an, wie sie im weißen Krankenhausbett liegt. So sanft schaut sie selten aus, denkt er. Er streichelt ihre Hand, die er noch immer hält.

Es piepst leise. Die Ärztin betritt das Zimmer, stellt sich an Johannas Bett. »Ihre Mutter ist soeben verstorben«, sagt sie. Arno drückt die Hand seiner Mutter fest, lässt seine Stirn darauf sinken.

Ich bin neun und Mama legt Buntstifte vor mir auf Omis Küchentisch. Hinter ihrem Rücken zaubert sie ein Heft hervor, das sie ebenfalls vor mich auf den Tisch legt. Ich stürze mich darauf und blättere es durch. Es sind alle möglichen Formen auf weißem Papier darin, Tiere und Pflanzen und Menschen bei der Arbeit. Es sind immer nur die Umrisse, damit ich die Formen so ausmalen kann, wie es mir gefällt. Ich fange sofort an, ein Pferd dunkelbraun auszumalen. Mama drückt mir einen Kuss auf die Stirn.

»Bis gleich also«, sagt sie und ich erstarre. Erst zwei Pferdebeine sind fertig.

»Ihr dürft nicht weggehen, ich will mitkommen.« Ich breche in Tränen aus.

»Wir sind doch gleich wieder zurück, ich verspreche es. Wir müssen noch mehr Zigaretten für Omi und Opi kaufen gehen.« Ich beginne zu schreien und zu toben, werfe mich auf den Küchenboden und wälze mich, ich kralle mich an Mamas Pulli fest und lasse mich wieder auf den Boden fallen. Omi steht neben uns am Herd. Sie schnalzt mit der Zunge. »Nimm das Kind mit, für so was habe ich keine Zeit.« Als Papa kommt, sitze ich schon im Auto auf der Rückbank. Ich schniefe noch ein paar Mal laut.

Das Niemandsland ist eine große Tankstelle und ein hell ausgeleuchteter Duty-Free-Shop. Um ins Niemandsland zu kommen, braucht man einen Pass und muss ganz langsam im Auto an den Zollbeamten vorbeifahren. Papa und Mama kaufen hier die Zigaretten für Omi und Opi. Gestern haben sie nur zwei Stangen mitgenommen, deswegen hat Omi sie heute noch einmal geschickt.

Mir gefällt das Niemandsland ganz wunderbar. Im Duty-Free-Shop gibt es Vitrinen mit Spielzeug und Schmuck und Parfüm und stark geschminkte Verkäuferinnen. Ich lasse Mamas Hand nicht los. Papa kauft mir nichts, er kauft nur Zigaretten. Als er an der Kasse bezahlt, türmen sich viele Stangen zwischen ihm und der Verkäuferin auf der Theke.

Jeder Erwachsene darf den Zollbeamten eine Stange Zigaretten beim Verlassen des Niemandslandes zeigen. Die Kinder dürfen keine Zigaretten haben, erklärt mir Papa.

Ich steige wieder ins Auto. Papa geht mehrmals um den Passat herum, öffnet alle Türen und den Kofferraum, steckt überall seinen Oberkörper rein und stöhnt und flucht. Als er sich hinters Steuer setzt, sind alle Zigaretten verschwunden bis auf drei Stangen auf Mamas Schoß.

»Das geht nicht, Arno!«

»Ich bringe sie nirgends mehr unter! Was sollen wir sonst damit tun?« Mama dreht sich zu mir nach hinten und streckt mir eine Stange hin.

»Hier, setz dich drauf!«, befiehlt sie mir. Papa beginnt zu lachen. Ich setze mich auf die Zigaretten und platziere mein Stofftier auf meinen Beinen.

»Tu so, als ob du schläfst, wenn ich *jetzt* sage«, flüstert meine Mama und kurz darauf lasse ich meinen Kopf gegen die Scheibe sinken und schließe meine Augen.

Als wir auf dem Hof ankommen, stellen sich Omi und Opi neben das Auto und schauen uns zu. Papa geht um das Auto herum, öffnet den Kofferraum und alle Türen. Er klettert wieder überall hinein, stöhnt und flucht dabei. Er holt die Stangen Zigaretten aus ihren Verstecken und türmt sie im Gras auf. Zum Schluss lege ich die Stange, die ich geschmuggelt habe, stolz zu den anderen. Ich glaube, meine Großeltern haben noch nie so viele Zigaretten auf einmal gesehen.

Opi nickt, zündet sich eine an und geht zurück zu seinem Häuschen im Garten. Blitzi hechelt ihm nach. Omi kramt in der Tasche ihrer Schürze und reicht Papa ein paar Scheine. Er winkt ab. Omi hebt die Stangen auf und packt sie in ihre Schürze, deren Zipfel sie in der einen Hand zusammenhält, und trägt sie ins Haus.

Rosa sitzt auf dem Beifahrersitz. Auf ihrem Schoß liegen Schinkenbrote in Alufolie. Zwei hat Arno schon gegessen, obwohl sie gerade erst bei Feldkirch über die Grenze nach Österreich gefahren sind.

Rosa hat den Reiseproviant zu Hause in ihrer kleinen Küche sorgfältig vorbereitet. Fünf Schinkenbrote mit Gurken und Salat, ohne Tomaten, eins mit Käse, Tomaten und Gurken für sie, eine große Flasche Wasser, einen Kuchen. Den Kuchen hat sie am Abend noch gebacken. Ihr Verlobter soll während der langen Fahrt gut verpflegt sein. Ihm schmeckt fast alles, was sie kocht und backt. Die italienischen und schweizerischen Gerichte aus ihrer Kindheit kann sie schon ganz gut zubereiten. Die österreichischen Gerichte aus Arnos Kindheit kennt sie nur aus seinen Erzählungen. Sie will in der nächsten Woche von seiner Mutter lernen, wie man Knödel, Gulasch und Apfelstrudel macht.

Arno fährt die ganze Strecke selbst, mehr als fünfhundert Kilometer. Rosa nickt immer wieder ein. Sie sind im Morgengrauen losgefahren. Aus Rosas Hochsteckfrisur lösen sich schon kurz nach der Grenze die ersten Strähnen. Rosa klappt die Sonnenblende runter und betrachtet sich im Spiegel. Sie befestigt ein paar Haarsträhnen neu, zieht den Lippenstift nach. Als sie wieder tanken müssen, öffnet Arno auch Rosas Autotür und sie folgt ihm ins Tankstellenbistro. Von den Gerüchen wird ihr übel. Sie stellen sich an die Theke und Arno streckt sich ein paar Mal. Seine Gelenke in den Knien und Schultern knacken. Rosa lehnt sich an ihren Verlobten und schnuppert an seinem Hals. Arno küsst sie auf die Stirn, legt die Hand um ihre Seite und drückt sie an sich.

»Wir haben schon mehr als die Hälfte«, sagt er und Rosa sieht die Vorfreude in seinem Gesicht. Am Abend vor dem

Einschlafen hat er ihr noch einmal versichert, dass sich alle freuen, sie kennenzulernen. Vor Wochen schon hat er ihr von den Waldspaziergängen erzählt, die sie machen werden und dass sie zum Baden an den See fahren können.

Arno bestellt einen zweiten Espresso und geht aufs Klo. Rosa bleibt an der Theke stehen und nippt an ihrer Cola. Sie weiß, dass das Getränk viel zu viel Zucker enthält. Bei ihr zu Hause gibt es das nie. Umso exotischer schmeckt die süße Flüssigkeit in ihrem Mund. Sie denkt an ihr Zuhause, an ihre Eltern. Ihr Vater hat nichts gegen Arno einwenden können. Er hat doch selbst eine Ausländerin geheiratet.

In wenigen Stunden wird sie auf Arnos Familie treffen. Die Kohlensäure lässt Rosa leicht aufstoßen und ihre Übelkeit verschwindet langsam.

Im Kofferraum neben ihren zwei Koffern liegt eine Reisetasche gefüllt mit Schweizer Schokolade. Der Gedanke daran beruhigt Rosa. Ja, sie werden sich bestimmt freuen, denkt sie. Arno kommt vom Klo zurück, trinkt den Espresso in einem Schluck aus.

»Gehen wir!«, sagt er und ertastet sein Portemonnaie in der Gesäßtasche. Rosa versucht die Zahlen auf der Rechnung zu verstehen, dividiert grob, um den Betrag in Franken zu erhalten. Arno bezahlt das Benzin, die Espressos und die Cola. Er unterhält sich mit der Kassiererin. Rosa muss ein Grinsen unterdrücken. Sein Dialekt wird stärker mit jedem Kilometer, den sie sich seiner Heimat nähern. Er klingt fremd und lustig in ihren Ohren.

Rosa erwacht, als sie über die Hofeinfahrt holpern. Sie hört wildes Bellen. Schnell klappt sie die Sonnenblende runter. Im Spiegel sieht sie, dass ihre Mascara verlaufen ist. Hastig fährt sie sich mit einem angefeuchteten Finger unter den

Augen entlang, macht damit alles nur noch schlimmer. Sie blickt aus der Frontscheibe auf ein großes, gelb gestrichenes Haus, davor stehen zwei alte Leute. Ein Mann in grüner Hose und grüner Jacke aus dickem Material und einem grünen Filzhut mit Feder steht neben einer Frau mit kurzen Haaren in einem blau gemusterten Arbeitskleid und einer Schürze. Der Mann hat die Arme vor der Brust verschränkt, die Frau lächelt und steckt ihre Hände in die Schürzentaschen. Franz und Johanna. Franz' Gesicht ist fahl, die Haut teigig. Johannas blaue Augen blitzen neugierig aus dem runden Gesicht.

Aus der Haustür tritt eine Frau mit roten Haaren und einem freundlichen Lächeln. Rosa erkennt Frieda sofort. Der Hund bellt immer noch und hüpft gefährlich nahe vor dem rollenden Auto auf und ab. Arno stoppt im Hof, dreht den Zündschlüssel um und lässt ihn stecken. Er steht schon vor seinen Eltern, als sich Rosa noch mühsam aus dem Schlaf und dem Autositz schält. Arno umarmt seine Mutter, dann geht er um das Auto herum und reicht Rosa eine Hand. Mit der anderen Hand in ihrem Rücken schiebt er sie sanft seinen Eltern und Frieda entgegen.

»Das ist Rosa«, sagt er und Rosa geht selbstständig einen Schritt auf Arnos Vater zu. Sie streckt ihm die Hand hin.

»Guten Tag«, sagt sie. Franz betrachtet sie und nickt. Seine schlaffen Wangen hängen, Rosa erkennt seine Augen kaum durch die dicke Brille. Der Hund kläfft noch immer. Arno stößt das Tier mit dem Fuß zur Seite.

»Halts Maul, dummes Vieh!«, sagt er lachend.

»Lumpi, sei ruhig, sapperlot!«, schimpft auch Frieda. Sie umarmt Rosa herzlich. Lumpi springt bellend an Rosas Beinen hoch und zerreißt ihre Seidenstrümpfe.

»Servus Vati«, sagt Arno, geht einen Schritt auf den Vater zu.

»Lass die Lumpi!«, knurrt Franz, pfeift einmal kurz und scharf durch die Zähne und trottet Richtung Garten davon. Der Hund schwänzelt neben ihm her.

Rosa streckt ihrer zukünftigen Schwiegermutter die Hand hin. Johanna nimmt sie und zieht Rosa dann an sich, umarmt sie.

»Ich bin die Mutti«, sagt sie.

Arno läuft den Weg durch den Wald bis zu den Gleisen. Erst dort bleibt er kurz stehen, um zu verschnaufen. Die Gleise trennen den Wald vom Bahnhof und vom Rest des Dorfes. Zwei oder drei Mal täglich fährt eine Lokomotive mit ein paar Wagen hier vorbei. Arno versteckt sich manchmal in den Gebüschen und beobachtet die Ankommenden. Vom Bahnhof sind es nur noch ein paar Hundert Meter bis nach Hause. Ab den Gleisen beginnt das Land von Arnos Familie. Von dort bis an die große Straße, wo der Hof steht, gehört alles seiner Mutter. Sie sagt, es gehöre auch dem Vater. Aber den kennt Arno nicht.

Vor Kurzem ist ein Zug durchgefahren und hat angehalten im Dorf. Arno hat es gehört, aber er war zu tief im Wald. Jetzt treibt ihn der Hunger heim. Die Mutter hat bestimmt schon das Abendbrot hergerichtet. Sie schimpft mit Arno, wenn er spät kommt. Dann tischt sie ihm etwas Gutes auf und vergisst ihren Ärger. Mittags ist es lustig im Wirtshaus, wenn die Gäste zu Mittag essen und der alte Luki Arno danach zu einer Zigarette verführt. Dann wird es Arno schwindelig und er muss kichern. Schlecht wird ihm davon schon nicht mehr. Nur die Mutter darf es nicht sehen. Nachmittags ist es ruhig im Wirtshaus und wenn Arno es nicht geschafft hat, rechtzeitig zu verschwinden, muss er zu den Säuen oder auf die Kühe auf der Wiese aufpassen. Die Viecher sind ihm zu langweilig. Abends wird es wieder spannend im Wirtshaus, wenn viele Männer in der verrauchten Gaststube sitzen und alle gleichzeitig und lautstark diskutieren.

Manchmal klopft es noch, nachdem Johanna alle schon rausgeschmissen hat. Dann steht meist ein einsamer Mann vor der Tür, der behauptet, noch durstig zu sein. Johanna ignoriert das Klopfen.

»Johanna, lass mich rein, ich hab Durst«, ruft es dann von draußen. Johanna bleibt hart.

In der einen Hand trägt Arno zwei lange Stecken, mit denen er im Waldboden gegraben hat. In der anderen liegt der geschmeidige Holzgriff der Steinschleuder. Vom Bahnhof aus geht er langsamer weiter, um das Schnaufen unter Kontrolle zu bringen. Sein Magen knurrt immer lauter. Arno wirft die Stecken in einen Busch am Wegrand. Er umfasst die Steinschleuder fester und zieht ein paar Mal am Gummi. In seinen Hosentaschen liegen runde Steine, perfekte Geschosse für die Schleuder.

Als er sich dem Wirtshaus nähert, wundert er sich über die Stille. Kein Fahrrad lehnt an der Hausmauer, die schwere Holztür des Wirtshauses ist zu. Arno betritt den Gastraum. Seine Mutter sitzt auf der Bank neben einem Mann, der ihre Hand hält. Sie hat rote Backen vom Strahlen. Sie trägt einen sauberen grauen Rock, eine hellblaue Bluse. Arno sieht ihre Schürze am Haken hinter der Tür hängen.

»Arno, endlich kommst du!«, sagt sie streng, schaut ihn aber sogleich liebevoll an.

Der Mann räuspert sich. Die Mutter stößt ihn mit dem Ellenbogen in die Seite. Er erhebt sich, geht ein paar Schritte auf Arno zu. Der Junge steht wie versteinert da. Er schiebt eine Hand in die Hosentasche und bekommt ein paar Steine zu fassen, schließt die Finger zu einer Faust. Die Finger der anderen Hand klammern sich an den Griff der Schleuder, seine Knöchel färben sich weiß. Die Mutter ist jetzt auch aufgestanden und geht hinter dem Mann her, fasst nach seinem Unterarm.

»Arno, begrüß deinen Vater!«

Die Steinschleuder fällt Arno aus der Hand. Er bückt sich, um sie aufzuheben. Er lässt seine Mutter und den Mann dabei nicht aus den Augen. Er steckt sich die Steinschleuder in die Gesäßtasche, dreht sich um und will in sein Zimmer laufen. Der Mann erwischt ihn am Kragen und zieht ihn zurück.

»Guten Abend, Arno. Sag guten Abend zu mir.«

Der Bund seiner Jacke schneidet Arno in die Kehle und drückt ihm die Luft ab. Mit geweiteten Augen sucht er den Blick seiner Mutter. Der Mann legt ihm seine große Hand in den Nacken und zieht ihn näher. Da gelingt es Arno, dem Griff zu entwischen. Er stellt sich schnell zu seiner Mutter. Sie streicht ihm über den Kopf und die Wange. Arnos Magen knurrt. Die Mutter kneift ihm sanft ins Ohrläppchen.

»Guten Abend, Herr Vater«, flüstert Arno.

Der Vater lacht. »Ja, ich bin der Herr Vater. Kannst nicht lauter sprechen?«

»Lass ihn für heute, Franz!«, zischt die Mutter, bugsiert Arno zur Tür hinaus und schließt sie hinter ihm. Arno steht im Gang und starrt die geschlossene Tür an. Dann geht er ein paar Schritte rückwärts, nimmt eine Handvoll Steine aus seiner Hosentasche und knallt sie mit aller Kraft gegen die Tür.

Das Zimmer ist muffig, aber hübsch, denkt Rosa, als sie die Fenster öffnet. Sie entfernt die altmodischen Bettüberwürfe von den zwei Einzelbetten. Arno hat sie als Erstes nebeneinander geschoben. Jetzt ist er draußen im Garten oder in der Küche oder sonst wo in diesem großen Haus. Rosa hat vorhin ein Auto auf den Hof fahren hören. Lumpi hat gekläfft wie immer. Rosa hasst das Tier und hat Angst vor ihm, auch wenn es ihr nur knapp bis zur Wade reicht.

Rosa will die Geschenke aus der Tasche holen, bevor sie wieder nach unten in die Küche geht, damit sie der Familie nicht mit leeren Händen gegenüberstehen muss. Rosa hebt die Tasche auf das Bett und zieht den Reißverschluss auf. Sie hat von jeder Schokoladensorte zwei Tafeln im Supermarkt gekauft. Sie hat auch Fotos von ihren Eltern und ihrer Schwester mitgebracht, von der gemeinsamen Wohnung, von ihr und Arno und vom Dorf, in dem sie wohnen. Die Fotos steckt sie zurück.

Sie nimmt in jede Hand vier Tafeln Schokolade und geht auf die Treppe zu, die in den unteren Stock des Hauses führt. Die Treppe ist schmal, sehr steil und unten ist eine Tür. Wenn sie geschlossen ist, ist es auf der Treppe stockdunkel, einen Lichtschalter gibt es nur unten am letzten Treppenabsatz. Rosa fragt sich, wie sie die dunkle Treppe runterkommen soll mit den eleganten Schuhen und den Händen voller Schokolade. Die Tür geht auf und Johanna steigt mit schweren Schritten die Treppe hoch. Rosa geht wieder ins Zimmer und legt die Schokolade auf das Bett. Johanna betritt ihr Zimmer.

»Findest dich schon zurecht?«

»Ja, danke«, antwortet Rosa. Johanna sieht die Schokolade und schaut in die geöffnete Tasche.

»Ihr mögt eure Schweizer Schokolade«, stellt sie fest.

»Ja, ich dachte, also, ich habe die für euch mitgebracht,

als Geschenk. Es gibt viele verschiedene. Welche schmeckt Ihnen?«

»Sag du zu mir. Sag Mutti. Im ganzen Dorf nennt man mich Mutti. Ich bin die Mutti, hab ich doch schon gesagt. Ich mag jede Schokolade.«

»Dann bitte, nimm dir, was du magst, Mutti«, erwidert Rosa.

»Sieht grad so aus, als denkt ihr in der Schweiz, hier gibts keine Schokolade.« Johanna schiebt ihre Unterlippe vor. Ihre Augen wandern mehrmals über die Tafeln. Sie klopft mit dem Zeigefinger gegen ihre Schneidezähne.

»Die sind alle noch gut, schau! Seit dem Krieg ist mir kein einziger mehr ausgefallen. Schokolade ist nicht gut für die Zähne. Aber jetzt ist sie schon da.«

Johanna lässt die Schokolade in die Taschen ihrer Schürze fallen.

»Soll ja nicht schlecht werden, das Zeug.«

Johanna verlässt das Schlafzimmer. Rosa hält die Luft an, bis die Schritte ganz unten an der Treppe angekommen sind.

Ich bin fünfunddreißig und sitze in der Beratungsstelle.

»Sie müssen heute keine Entscheidung treffen.«

Ich warte darauf, dass die Frau weiterspricht. Sie schaut mich abwartend an. Ich nicke.

»Meine Aufgabe ist es, mit Ihnen die Optionen zu besprechen und über mögliche Konsequenzen zu reden. Ich werde Ihnen weitere Adressen geben, von Ärztinnen, Hebammen oder Psychologinnen. Je nach dem, wen sie brauchen.«

Der Raum ist weiß gestrichen. Es hängen Kunstdrucke an der Wand, keine Bilder von Kindern oder Familien.

»Ich habe nicht gedacht, dass.« Ich stocke, spüre, wie ich

rot werde. »Also natürlich. Ich wusste schon.« Ich stottere: »Wie das passieren kann. Dass das passieren kann.«

Die Frau lächelt mich freundlich an. Sie zupft an ihrem Ohrläppchen.

»Aber so war es nicht geplant? Ich verstehe, was Sie meinen.«

Ich nicke, schaue auf die Uhr an der Wand hinter der Frau.

»Haben Sie schon mit jemandem darüber geredet? Mit Ihrem Partner oder mit einer Freundin?«

Ich schüttle den Kopf.

»Mit Ihrer Mutter vielleicht?«

Ich bringe kein Wort heraus, bleibe beim Kopfschütteln.

»Der Austausch könnte Ihnen die Entscheidung erleichtern.«

»Oder sie schwieriger machen«, erkläre ich.

Auf dem Heimweg zähle ich die Spielplätze, an denen ich vorbeikomme. Bei einer Hundewiese bleibe ich stehen. Ich stelle mich an den Zaun und schaue zu, wie die Herrchen und Frauchen Bälle werfen, die die Hunde zu ihnen zurücktragen. Dazwischen loben sie ihre Hunde oder schimpfen mit ihnen. Ein älterer Mann mit einem Collie spricht eine junge Frau mit einem Pudel an. Ich kann nicht verstehen, was sie reden. Die beiden schütteln sich die Hand. Der Pudel trabt auf seine Besitzerin zu. Sie beugt sich zu ihm herunter und streichelt seinen Kopf, schmiegt sich an sein flauschiges Fell.

Ich bekomme eine Nachricht von C. Er will wissen, wann ich zu Hause bin. Ich beginne mehrmals, eine Antwort zu tippen. Dann lösche ich alles wieder und schalte mein Handy aus.

Arno steht neben der Tür zu Friedas Schlafzimmer. Eben war er noch in ein Spiel vertieft. Er hört die Mutter und die Schwester nach Hause kommen. Er hat die beiden nicht so bald zurückerwartet.

Seine Mutter hat ihm am Morgen vor der Schule aufgetragen, Handtücher in Friedas Zimmer zu legen und das Bett der Schwester zu machen. Arno schaut vom Gang in Friedas Zimmer, hofft, dass es genug Handtücher sind. Er würde jetzt lieber in den Wald gehen, aber die Mutter hat ihm eingeschärft, dass er da sein muss, wenn sie mit Frieda zurückkommt. Außerdem hofft er, dass es bald Mittagessen gibt.

Frieda kam Arno gar nicht krank vor. Im Gegenteil, sie war fröhlich die letzten Tage, bis gestern Abend. Da hat sie sich früh ins Bett gelegt und Arno hat seine Schwester weinen hören.

Die beiden Frauen gehen den Gang entlang, kommen die Treppe hoch. Dicht nacheinander gehen sie, die Schritte sind immer gleichzeitig. Die Mutter und die Schwester erscheinen oben an der Treppe. Frieda stützt sich auf die Mutter. Schritt für Schritt nähern sie sich Friedas Zimmer. Arno tritt ein Stück zur Seite. Frieda hebt den Kopf. Auf ihrer Stirn sieht Arno ein paar Schweißtropfen. Jetzt sieht sie wirklich krank aus, denkt er, sie ist noch blasser als sonst. Das Band eines Zopfes hat sich gelöst, das rote Haar hängt ihr bis auf Brusthöhe.

»Frieda, was hast du, was hat der Doktor gesagt?« Arno spricht leise.

Die Schwester senkt ihren Kopf wieder, macht einen Schritt. Die Mutter schüttelt den Kopf, schiebt Arno zur Seite und begleitet Frieda bis zu ihrem Bett.

»Arno, ein Handtuch!« Die Mutter deutet mit dem Kinn auf die Tücher. Arno steht am Fußende des Bettes und schaut die beiden Frauen an.

»Das Handtuch aufs Bett!«

Er nimmt das größte Handtuch und breitet es auf der Matratze aus.

»Noch eins!«

Er legt ein zweites Handtuch darüber.

Die Mutter hilft Frieda, sich hinzulegen. Kaum liegt sie, schließt sie die Augen.

»Sie muss schlafen.« Die Mutter schiebt Arno aus dem Zimmer.

»Was hat Frieda?«

»Nichts. Eine Dummheit. Sie muss sich jetzt etwas ausruhen.«

Arno fasst seine Mutter an der Hand.

»Das ist das Los der Frauen. Mach dir keine Gedanken darüber. Das geht vorbei. Das hat sie von mir, bei mir ist es genau gleich. Ging immer viel zu schnell.«

Arno schaut an der Mutter hoch. Sie seufzt.

»Irgendwann verstehst du es. Ich wünschte auch, es wäre anders. Aber ich hab mich jetzt darum gekümmert.«

Die Mutter geht schnell die Treppe hinunter, Arno folgt ihr. Im Gang dreht sie sich zu ihm um.

»Merk dir das, Arno, damit du keinem Mädel mal solche Sorgen machst.«

»War ich das etwa?«

Seine Mutter lacht.

»Der Bub vom Fleischhauer wars. Der kommt mir nie mehr ins Haus!«

»Kann ihn Vati nicht einfach verdreschen?«

»Dafür ist es jetzt auch zu spät. Aber das wird er vielleicht noch. Geh, mach deine Hausübungen. Dann schau nach der Frieda abends, ja?«

Die Mutter geht in die Küche. Arno setzt sich im Garten hinter das Häuschen des Vaters. Eine Katze huscht vorbei.

Er lädt seine Steinschleuder mit einem Steinchen, zielt auf die Katze. Das Tier springt auf und läuft davon. Arno schaut zum Haus. Seine Mutter tritt heraus mit einem Korb unter dem Arm und geht zur Straße hinunter. Arno schleicht sich zurück ins Haus, geht in den oberen Stock. Er lauscht an Friedas Tür. Nichts ist zu hören. Vorsichtig öffnet er sie.

»Arno!« Frieda stöhnt.

Er wagt nicht, sich zu bewegen, hält den Atem an.

»Komm her zu mir!«, bittet Frieda.

Arno setzt sich neben Frieda auf die Bettkante. Er sieht, dass sie ganz eingetrocknete Mundwinkel hat.

»Tut dir was weh?«

»Es geht schon vorbei, hat Mutti gesagt.«

Frieda hat Arno schon oft gepflegt, wenn er krank war. Sie hat ihm Suppe eingeflößt, die Decken aufgeschüttelt, ihm die Wangen gestreichelt. Arno traut sich nicht, Frieda anzufassen.

Er steht auf und nimmt die Zipfel der Bettdecke. Als er die Decke ausschüttelt, kommen Friedas Beine zum Vorschein. Er versucht, die Decke wieder über Frieda zu legen. Sie rutscht ganz vom Bett herunter.

»Arno, nicht!«, flüstert Frieda.

Er erstarrt mit den Zipfeln der Decke in den Händen. Die Handtücher, auf denen Frieda liegt, sind voll Blut.

»Du blutest!«, ruft Arno. »Frieda, so viel Blut! Du hast dich verletzt!«

Frieda setzt sich hastig auf, greift nach der Decke in Arnos Händen und legt sie über ihren Körper. Dann streckt sie den Arm aus und streicht Arno sachte über die Wange.

»Es geht schon vorbei«, murmelt sie, faltet ihre Hände über der Bettdecke auf Bauchhöhe.

Sie schließt die Augen, reißt sie plötzlich wieder auf und schaut ihren Bruder erschrocken an.

»Kein Wort zu Vati, hörst du!«, zischt sie.

Arno nickt und verlässt das Zimmer, ohne noch einmal zurückzuschauen.

Ich bin sechsundzwanzig und schließe den Reißverschluss des Koffers. Meine Mutter schaut mir zu. Ich richte mich wieder auf, taste nach dem Griff. Sie geht zurück ins Haus. Ich lasse den Griff los, lasse den Koffer stehen, folge meiner Mutter, setze mich an den Küchentisch.

Sie macht zwei Tassen Kaffee und schneidet zwei Stück Kuchen ab. Dann setzt sie sich zu mir. Ich nehme einen Schluck, breche einen Bissen vom Kuchen ab. Meine Mutter führt ihre Tasse an die Lippen, hält inne. Sie öffnet den Mund, anstatt zu trinken, sagt sie: »Hast du keine Angst?«

Ich lächle. »Wovor denn?«

»Die Gegend ist nicht so sicher. Du kennst niemanden in dem Haus. Es könnte einen Wasserschaden geben. Du hast gar keine Kaffeemaschine.«

»Morgen kaufe ich eine.«

»Du kannst morgen zum Frühstück vorbeikommen. Hier gibt es Kaffee.«

Meine Mutter trinkt einen Schluck. Ich habe mein Stück Kuchen schon aufgegessen. Sie schiebt mir ihren Teller mit dem unangetasteten Stück rüber.

»Ich packe dir den Rest ein.«

»Mama, ich habe schon eingekauft. Ich habe alles.«

Sie steht auf, verlässt die Küche. Ich höre sie im Gang, höre, wie sie die Treppe hoch- und wieder runtergeht. Ich stecke meine Hand in die Hosentasche und befühle den Schlüssel darin. Ich bin nervös, ich freue mich. Am Vormittag habe ich mit Papa und Anna mein Bett und die Kommode in die Wohnung gebracht. Für die Küche habe ich einige Pfannen und Töpfe gekauft. Morgen kommt eine Lieferung vom Möbelhaus. Ein Sofa kaufe ich in ein paar Wochen, das Geld habe ich beinahe zusammen.

Meine Mutter steht angezogen in der Küche. Sie trägt Turnschuhe und eine leichte Daunenjacke.

»Gehen wir!«

Ich brauche einen Moment, bis ich mich wieder fasse.

»Ich brauche keine Hilfe mehr, es ist ja nur noch der eine Koffer.«

»Aber in den dritten Stock ohne Lift gehts besser zu zweit.«

Ich ziehe Schuhe und Jacke an und wir fahren gemeinsam zu meiner neuen Wohnung.

Ich sauge den Geruch der frisch renovierten Räumlichkeiten ein. Meine erste eigene Wohnung, denke ich immer wieder. Jeder Schritt hallt. Meine Mutter setzt sich im Wohnzimmer auf den Boden.

»Da«, sie zeigt mit beiden Händen an die längste Wand, »stellst du das Sofa hin. Und für die Fenster nähe ich dir Vorhänge. Ich habe schon den Stoff zu Hause.«

Sie nimmt ein Maßband aus ihrer Jackentasche, steht auf und vermisst die Fenster. Ich biete ihr ein Glas Wasser an. Sie lehnt ab. Ich hocke mich mit einem Glas auf den Boden.

»Bis die Möbel kommen, ist es bei uns zu Hause doch gemütlicher.«

»Ich schlafe ab jetzt lieber hier.«

Meine Mutter dreht ihren Kopf weg und schaut aus dem Fenster. Ich ziehe den Schlüsselbund aus meiner Handtasche, löse den Hausschlüssel ab, der schon viele Jahre am

Bund hängt. Ich strecke meiner Mutter den Schlüssel zu ihrem Haus hin. Sie schaut mich erschrocken an.

»Nein, nein«, sagt sie. Sie ringt nach Worten. »Wenn du die Katze, wenn wir in den Ferien oder sonst was. Man weiß ja nie.« Sie schüttelt den Kopf. Sie schaut mich noch entsetzter an und beschließt: »Den behältst du.«

Mein Gesicht ist heiß. Ich befestige den Schlüssel wieder am Bund, er stört mich ja dort nicht. Ich stehe auf, gähne übertrieben, gehe zur Wohnungstür. Meine Mutter folgt mir.

»Rufst du mich morgen an?«, fragt sie leise, den Blick gesenkt.

»Ja, werde ich machen.«

Ich öffne die Tür, behalte den Griff in der Hand. Sie schnäuzt sich mit einem Taschentuch aus ihrer Jackentasche.

»Tschüss Mama«, sage ich betont heiter und versuche, ihren Blick zu finden. Meine Mutter hebt den Kopf, versucht ein Lächeln und flüstert mit erstickter Stimme »Tschüss« und »Machs gut« und »Bis morgen«.

Ich ignoriere ihre Tränen und schließe die Tür, drehe den Schlüssel zweimal im Schloss und lasse ihn stecken. Ich überlege, ob ich nicht doch die Tür noch einmal öffnen, meine Mutter auf der Treppe hinterhergehen und alles rückgängig machen könnte.

Ich gehe über den Gang in beide Räumlichkeiten meiner Wohnung, gehe in die Küche, öffne und schließe den Kühlschrank, gehe ins Bad. Zwischen Küche und Bad mache ich eine kleine Pirouette und einen Hopser.

Der Motor des Käfers brummt seit Minuten in der Hofeinfahrt. Arno sitzt neben dem Wiener auf dem Beifahrersitz. Johanna tritt vor das Haus und bleibt in einigen Metern Entfernung zwischen Tür und Auto stehen. Sie steckt ihre Hände in die Schürze und schiebt die Unterlippe vor. Arno genießt das Kitzeln seiner Haut, das der brummende Motor in ihm auslöst.

Am Vormittag hat er das Auto geputzt. Als Abschiedsgeschenk, hat er sich gedacht. Als der Wiener ihn dabei gesehen hat, hat er aus seiner Brieftasche 20 Schilling genommen und Arno in die Brusttasche gesteckt. Arno hat den Schein zwischen die Finger genommen und dem Wiener wieder zurückgeben wollen, den Kopf dabei geschüttelt. Aber der Wiener hat nur gelacht und ihm durch die Haare gewuschelt.

Frieda kommt aus dem Haus. Ihr Haarknoten hat sich gelöst, dickes rotes Haar fällt ihr über den Rücken. Sie zerrt einen Koffer hinter sich her. Der Wiener steigt aus dem Auto und nimmt ihr das Gepäckstück ab. Frieda öffnet die Beifahrertür.

»Weg da, mein Platz«, ruft sie, lacht und rüttelt an Arnos Arm.

Arno steigt aus und gesellt sich zu seiner Mutter. Der Vater kommt aus dem Garten und bleibt vor dem Auto stehen, als sähe er es zum ersten Mal. Er schiebt sich die schwarze Hornbrille in die Stirn, kratzt sich am Kopf. Dann trottet er zum Hauseingang, bleibt dort stehen.

Frieda umarmt ihren Vater kurz, gibt ihm auf jede Wange einen Kuss. Als sie die Mutter küsst, umarmt diese sie heftig.

Der Wiener lässt das Auto rückwärts die Einfahrt herunterrollen. Frieda steht vor Arno und schaut ihm in die Augen.

»Wien ist nicht aus der Welt. Kannst mich immer besuchen!« Sie kneift Arno in die Wange.

»Und pass auf Vati und Mutti auf, dass sie mir keine Dummheiten machen ohne mich!«

Frieda umarmt Arno lange. Ihre Haarspitzen kitzeln seinen Hals. Der Wiener hupt. Die Schwester löst sich von Arno und geht mit schwingenden Schritten zum Auto. Plötzlich bleibt sie stehen und dreht sich einmal im Kreis, streckt die Arme aus und lacht. Ihr Rock schwingt dabei und bläht sich auf. Sie hopst die letzten Schritte zum Auto.

Ich laufe schneller, so schnell ich kann. Ein Schweißtropfen rinnt meine Schläfe herunter. Ich höre die Kinder hinter mir, sie rufen mir Wörter nach, die ich nicht hören will. Sie gehen in einer Gruppe, gehen miteinander von der Schule nach Hause, wo ihre Mütter mit dem Mittagessen auf sie warten. Auch meine Mama wartet mit dem Mittagessen auf mich. An der Kreuzung schlage ich den Weg ein, der über die große Wiese, am großen Stein vorbei zu den Sportplätzen führt. Ich höre die anderen Kinder noch immer hinter mir. Aus dem Spott haben sie ein Lied gemacht mit einer selbst erfundenen Melodie, sie singen davon, dass ich anders bin, dass mein Vater kein richtiges Schweizerdeutsch kann, dass ich anders aussehe, dass ich dicker bin als sie, sie singen fiese Wörter und machen Grimassen.

Ich habe den Jungen, der damit begonnen hat, am Griff seines Rucksacks gepackt und einmal auf dem Trottoir herumgewirbelt. Er hat gelacht und mich weggestoßen, ich bin gestolpert und habe dabei ein Mädchen so fest ich konnte geschubst.

Gestern haben wir ein anderes Kind ausgelacht und ein gemeines Lied gesungen. Gestern gehörte ich zur Gruppe und das andere Kind nicht. Wir haben gesungen, dass es komisch riecht und am schlechtesten lesen kann von allen Kindern in der Klasse. Es ist stumm neben uns hergelaufen, die ganze Zeit.

Ich setze mich auf eine Schaukel, die Sportplätze sind verlassen. In meinem Kopf flüstern Hunderte Stimmen die Sätze und Wörter. Ich kann sie nicht abstellen, sie singen einfach immer weiter. Ich kann nicht nach Hause, kann es Mama nicht erzählen. Niemand darf davon wissen. Ich habe Angst, dass Papa plötzlich dahin zurückgeht, wo er herkommt. Nach Kärnten. Da, wo Omi und Opi wohnen.

Wenn Papa wütend auf mich ist, geht er auf den Dachboden und holt einen kleinen Koffer hervor. Er stellt ihn vor meine Füße und sagt, ich könne schon mal anfangen, mein Köfferchen zu packen, ich sei so unartig, er schicke mich ins Kinderheim. Ich weiß, er meint es nicht ernst. Ich laufe ihm davon und lache so laut ich kann. Abends ist das Köfferchen wieder verschwunden.

Arno fährt langsam die Hofeinfahrt hoch. Johanna steht unter der Tür des Hauses. Die Hände hat sie vor dem Bauch gefaltet. Sie strahlt. Arno öffnet den Kofferraum und nimmt Rosas und seinen Koffer heraus. Rosa steht schon neben Johanna und drückt ihre Hand.

»Und die Kinder?«

»Mutti, sie sind zu alt, sie wollen nicht mehr mitkommen. Sie machen Urlaub mit ihren Freunden.«

»Na, so was. Urlaub mit Freunden.« Johanna wischt

sich mit einem Stofftaschentuch aus ihrem Ärmel über die Nasenspitze.

Arno geht mit den Koffern die steile Treppe hoch in den oberen Stock. Einige Stäbe, die den Teppich auf den Stufen fixieren sollen, sind locker oder haben sich ganz gelöst. Arno geht zweimal rauf und runter mit je einem Koffer. Er kennt diese Stufen in- und auswendig. Das Schlafzimmer ist ungelüftet, Spinnweben hängen in den Ecken, die Glühbirne der Nachttischlampe ist kaputt. Er weiß, dass seit vielen Monaten weder seine Mutter noch sonst wer hier oben war.

Seit einigen Wochen darf sein Vater auch nicht mehr in sein Häuschen im Garten gehen. Das hat ihm Frieda am Telefon erzählt. Nachdem der Vater dort einmal von seinem Bett gefallen und nicht mehr allein hochgekommen ist, hat seine Mutter es ihm verboten.

Arno öffnet die Fenster, schüttelt die Decken und Kissen aus. Aus seinem Koffer nimmt er ein frisches T-Shirt und streift es sich über. Vorsichtig steigt er die Treppe wieder hinab. Auf dem Weg in die Küche geht er ins Badezimmer und putzt sich die Zähne. Er kann sich im Spiegel kaum erkennen, das Glas ist fleckig und die Farbe des Rahmens blättert an vielen Stellen ab.

Rosa wartet schon auf Arno in der Hofeinfahrt. Hand in Hand spazieren sie in den Wald.

Es ist fast dunkel, als Arno und Rosa zum Abendessen die Küche betreten. Auf dem Tisch liegen zwei Gedecke. Johanna stellt eine Schüssel Gulasch auf den Tisch, schöpft den beiden in ihre Suppenteller. In der Mitte des Tisches steht ein Korb aufgeschnittenes Sauerteigbrot, auf der Fensterbank ein Aschenbecher mit einer qualmenden Zigarette. Arno geht hin, drückt sie aus.

»Lass mich rauchen«, wehrt sich seine Mutter. Sie steht am Herd und löffelt Gulasch aus dem Topf.

»Nicht während wir essen. Setz dich hin.«

Johanna isst weiter aus dem Topf. Arno steht auf, öffnet die Küchenschränke, deckt zwei weitere Suppenteller und Löffel.

»Bitte, Mutti, setz dich zu uns.«

Johanna seufzt, hockt sich auf den Stuhl und isst von ihrem Gulasch, das ihr Sohn ihr geschöpft hat.

»Und Vati?«

Johanna steht mit einem Ruck auf. Sie wirft das Geschirrtuch auf ihrem Schoß neben den Teller, verlässt die Küche. Rosa hat die Fleischstücke aus dem Gulasch aussortiert und auf den Tellerrand gehäuft. Sie hebt ihren Teller und schiebt die Stücke auf Arnos Teller.

Die Küchentür öffnet sich wieder, Franz und Johanna stehen auf der Schwelle. Johanna hat die Lippen zusammengekniffen. Sie stützt ihren Mann an einem Arm. Franz setzt langsam einen Fuß vor den anderen. Die Pantoffeln an seinen Füßen wackeln dabei. Er macht kleine, unsichere Schritte. Sein Oberkörper ist gekrümmt. Das Pyjama schlottert um seine Gestalt. Er gibt ein Geräusch von sich, hebt eine Hand bis auf Brusthöhe und deutet eine Geste an. Johanna schiebt ihn barsch weiter. Rosa springt auf, führt ihren Arm unter Franz' andere Seite. Sie fasst seine Hand, tätschelt sie kurz.

»Guten Abend, Franz.«

Franz dreht seinen Kopf langsam zu Rosa herüber.

»Grüß dich«, murmelt er und nickt.

Arno bleibt bewegungslos am Tisch sitzen, der Löffel Gulasch in seiner Hand schwebt knapp über dem Teller. Rosa und Johanna führen Franz zum Tisch, lassen ihn los und Franz plumpst auf den Stuhl. Sein Oberkörper fällt in sich zusammen und nach vorn. Johanna schiebt den Stuhl näher an die Tischkante, drückt seine Schultern nach hinten gegen die Stuhllehne, legt seine Unterarme rechts und links neben den Teller. Rosa schöpft Gulasch in Franz' Teller und zieht ihren Stuhl heran. Sie taucht den Löffel ein, bläst kurz darüber und führt ihn an Franz' Mund.

»Iss!«

Franz presst die Lippen aufeinander und schüttelt den Kopf. Seufzend lässt Johanna den Löffel zurück in den Teller fallen, braune Sauce spritzt auf das Plastiktischtuch.

»Iss, Franz, jetzt iss etwas!«

Franz hebt den Kopf, seine Augen werden zu Schlitzen, er schaut Arno an.

»Bist aus der Schweiz gekommen?«

»Grüß dich, Vati. Wie gehts dir?«

Franz nickt.

Johanna, Rosa und Arno essen schweigend ihre Teller leer. Franz' Teller bleibt unangerührt. Mit aufgestützten Ellenbogen sitzt er eingesunken am Tisch, kratzt sich an der Stirn.

»Schau, der Vati isst nix. Dafür hab ich ihn aus dem Bett geholt, Arno. Dafür!«

»Durst«, sagt Franz.

Johanna geht zum Küchenschrank, nimmt eine Schnabeltasse heraus und füllt sie mit Wasser aus der Leitung. Franz greift sie mit der Hand, führt sie sich an die Lippen und trinkt langsam daraus.

»Das kann er immerhin noch selbst.«

Arno beobachtet seinen Vater beim Trinken. An seinem rechten Mundwinkel hängt ein Tropfen. Franz' und Arnos Blicke treffen sich. Franz lässt die Schnabeltasse sinken. Sekundenlang starren sich Vater und Sohn an. Mit einer unmerklichen Bewegung zuckt Franz' Arm, schnellt nach vorne und die Schnabeltasse fliegt auf Arno zu, fliegt an ihm vorbei, fällt mit einem dumpfen Ton zu Boden. Eine kleine Lache bildet sich um Arnos Stuhlbein. Franz stützt den Kopf in die Hände. Er atmet laut.

Rosa öffnet die Tür und legt sofort den Zeigefinger auf die geschlossenen Lippen.

»Psst«, macht sie in Richtung ihrer Tochter, die mit ihrer Nonna vor der Tür steht.

Anna stürmt ins Haus. Rosas Mutter hebt die Schultern.

»Sie ist halt wild, Rosa«, sagt sie.

»Das Baby ist vor einer Minute erst eingeschlafen.«

Rosa und ihre Mutter gehen die Treppe hoch ins Wohnzimmer. Anna ist in ihrem Zimmer verschwunden. Sie hat ihre kleine Schwester gestern im Krankenhaus kennengelernt. Rosa hätte ihre ältere Tochter gerne noch länger bei der Nonna gelassen. Ihre Mutter hat darauf bestanden, sie heute zurückzubringen.

»Die Kleine schläft wenig. Ich komme noch nicht mal dazu, mir die Haare zu kämmen.« Rosas Stimme ist weinerlich.

Sie und ihre Mutter setzen sich auf das Sofa. Mit einer Hand schaukelt Rosa den Stubenwagen, in dem ihre Tochter liegt. Ihr fallen die Augen zu. Ein Winseln ertönt und Rosa beugt sich sofort über das Baby. Es schläft. Rosa lässt sich in die Sofakissen zurückfallen.

»Hast du Kaffee?«

Rosa kämpft sich aus dem Sofa hoch und geht in die Küche. Im oberen Stock poltert es. Als sie mit einer Tasse Kaffee zurück ins Wohnzimmer kommt, wiegt ihre Mutter das Baby in den Armen. Es hat die Augen geöffnet und schaut seine Nonna an. Sein Mund verzieht sich mehrmals und Rosa fürchtet, dass es gleich zu weinen anfängt.

»Mama, warum lässt du die Kleine nicht schlafen? Ich hab doch gesagt, du …« Rosa hält die Tränen zurück.

»Schau, sie ist ganz ruhig. Una figlia, Rosa, noch einmal ein Mädchen! Und so hübsch noch dazu. Ich bin so glücklich.«

Rosa stellt ihrer Mutter die Tasse hin. Sie legt ihr das Baby in die Arme und rührt Milch und Zucker in den Kaffee. Rosa bettet es wieder in den Stubenwagen, wo es zu weinen beginnt. Rosa schließt die Augen, saugt viel Luft durch die Nasenlöcher ein.

»Kannst du Anna wieder mitnehmen? Nur noch bis morgen? Morgen hat Arno frei, er kann sie bei dir abholen.«

Bei dem Gedanken daran, dass sie dann einen ganzen Tag mit ihrem Neugeborenen allein wäre, wird es ihr warm.

»Anna ist so gerne bei dir und Nonno.«

Sie würde den ganzen Tag mit ihrem Baby im Bett bleiben. Sie würde es auf ihren nackten Bauch legen, ihm die Brust geben und ihm beim Schlafen zuschauen. Wenn das Baby und sie Ruhe und ihren eigenen Rhythmus haben, ist es das Wunderbarste, was Rosa kennt.

»Du musst dich um deine Kinder kümmern, Rosa. Um beide. Ich hatte auch euch beide und glaubst du, deine Nonna hat deine Schwester immer zu sich genommen?«

Rosas Mutter schüttelt den Kopf. »Gut, ich nehme sie noch einmal mit. Aber dafür kommt ihr dann morgen alle zum Abendessen zu uns.«

Rosa nickt dankbar. Anna stürmt die Treppe runter und wirbelt mit einem neuen Spielzeug durch das Wohnzimmer. Das Baby weint noch immer. Während Rosa es wieder in den Arm nimmt und mit ihm herumgeht, lockt die Nonna Anna mit Bonbons aus ihrer Handtasche. Rosa sieht, wie

Anna für ein paar Sekunden regungslos neben ihr auf dem Sofa sitzt und Bonbons lutscht. Sie drückt ihre Tochter fest an sich und küsst sie auf das dichte, schwarze Haar.

Ich bin viel zu früh am Hauptbahnhof und kaufe mir einen Kaffee. Danach zittern meine Hände. Ich kontrolliere mehrmals, ob ich am richtigen Gleis bin. Als mein Vater aus dem Zug aussteigt, erschrecke ich, wie müde er aussieht. Ich denke, es war keine gute Idee, ihn einzuladen und ihm diese Reise zuzumuten. Ich ziehe seinen Koffer und beschließe, dass wir mit dem Taxi in meine Wohnung fahren.

Während mein Vater sich im Bad wäscht und umzieht, koche ich Kräutertee, beschmiere zwei Brote dick mit Butter und belege sie mit Schinken. Er kommt in die Küche. Ich gieße ihm eine Tasse Tee ein.

»Hast du auch Kaffee?«

»Ich dachte, Kräutertee passt besser.«

»Mach mir einen Kaffee, stark, wenns geht.«

Während er Kaffee trinkt und beide Brote isst, erzählt er mir von den Leuten, die er im Zug kennengelernt hat. Mein Vater kann sich mit jedem Menschen unterhalten und sich für jedes Thema begeistern lassen. Er kaut und erzählt. Ich sehe, wie Krümel in seinem Schnauz hängen bleiben. Als der Teller leer ist, wischt er die Krümel mit dem Handrücken weg. Zuletzt zupft er gedankenversunken in den Schnauzhaaren rechts und links an seinem Mundwinkel und schaut sich in der Küche um.

»Hier fehlen Regale. Oder Bilder. Oder ein Teppich zumindest. Diese Küche ist unwohnlich.«

»Ich wohne doch erst seit ein paar Monaten hier. Wird schon noch alles kommen, Papa.«

»Ja, da hast du recht«, er schaut aus dem Fenster. »Eine schöne Wohnung ist das. Und alles andere hast du auch gut hinbekommen.«

Ich nicke und mein Kopf wird warm.

Kurz bevor es dunkel wird, spazieren wir durch die Stadt. Ich möchte meinem Vater die historischen Gebäude zeigen, die abends so schön beleuchtet werden, die teure Einkaufsstraße, das prächtige Haus, in dem ich arbeite. Zu den meisten Orten kann er mir mehr erzählen als ich ihm. Er kann die geschichtlichen Ereignisse miteinander verknüpfen und erklärt mir die Zusammenhänge.

Wir essen Würstel mit Kren an einem Würstelstand und trinken Bier aus der Flasche.

»Mama berichtet jeden Tag von dir. Was du hier machst und so.«

»Ich versuche, mich so oft wie möglich bei euch zu melden. Sie zeigt dir bestimmt auch die Fotos, die ich ihr schicke, oder? Es ist anders hier, es gefällt mir.«

»Die Neugier hast du von mir.«

Ich schaue ihn fragend an.

»Mama hat gehofft, dass du nach Hause kommst, wenn dein erster Vertrag ausläuft.«

Ich hole tief Luft.

»Hab eine Verlängerung bekommen.«

Mein Vater trinkt zwei lange Schlucke aus der Flasche.

»Wie viel Verlängerung?«

»Zwei Jahre. Mit Option auf unbefristet.«

Er schweigt.

»Ich habe eine großartige Bewertung bekommen für die Probezeit. Ich bekomme ein eigenes Büro und mehr Gehalt ab nächstem Jahr. Es gibt hier weniger Arbeitszeit und mehr Ferien und Aufstiegsmöglichkeiten.«

»Das ist alles nicht das Wichtigste.« Mein Vater schüttelt den Kopf.

Hitze steigt in meinem Bauch auf, breitet sich in meinem Körper aus. Ich atme langsam durch die Nase ein und einige Sekunden länger durch den Mund aus. Ich schlucke mehrmals hart.

»Jaja, ich weiß. Für euch sind andere Dinge wichtig.«

Ich werfe den Pappteller mit dem halben Würstel in einen Mistkübel. Weil mir nichts anderes einfällt, hebe ich die leere Bierflasche und lasse sie auf das Stehtischchen knallen. Mein Vater schaut mich verwundert an. Schon wieder hängen Semmelkrümel in seinem Schnauz.

»Das Wichtigste ist, dass du glücklich bist.«

Ich werde rot. Mein Vater hakt sich bei mir ein und wir gehen wortlos zu Fuß zu mir nach Hause.

Ein paar Tage später fahren wir mit der Straßenbahn zum Bahnhof. Mein Vater hat darauf bestanden, das Taxi sei zu teuer. Ich sitze ihm gegenüber und versuche herauszufinden, was sich an ihm verändert hat. Vielleicht ist er erholter, denke ich, oder er hat ein bisschen zugenommen. Ich komme nicht darauf. Ich mache ein Selfie von uns beiden mit meinem Handy und schicke es meiner Mutter.

Als der Zug einfährt, umarmt mich mein Vater schnell und gibt mir auf jede Wange einen Kuss. Dann steigt er ein und sucht seinen Platz. Ich verliere ihn aus den Augen, bleibe trotzdem stehen und winke.

Ich streiche über meine Wange. Sein Kuss hat gar nicht gekratzt. Ich betrachte das Foto auf meinem Handy. Er hat sich seinen Schnauz abrasiert.

Ich bin fünfunddreißig und sitze auf einer geblümten Picknickdecke, um mich herum sitzen einige meiner Freunde und Freundinnen, in Zweiergespannen, in Grüppchen, hören Musik, reden, rauchen, essen. Jemand steht auf und sammelt die Plastikverpackungen und Essensreste ein. Eine Freundin liegt neben mir auf der Decke und starrt in den Himmel, ein befreundetes Pärchen unterhält sich auf einer Decke hinter mir.

Die Donau fließt wenige Meter von meinen ausgestreckten Füßen entfernt langsam vorbei. Die Wasseroberfläche wellt sich plötzlich, wird dann wieder glatt. Das letzte Tageslicht wirft gelbliche Schatten auf das Wasser.

Das Pärchen verabschiedet sich. Ich beobachte die beiden, wie sie quer über die Wiese Hand in Hand zur U-Bahnstation schlendern.

»Soll ich dir noch was vom Kuchen dalassen?«, fragt mich ein Freund.

Ich schüttle den Kopf, stehe auf und verabschiede mich von den letzten Anwesenden mit Umarmungen und Küsschen.

»Bleibst du noch?«, fragt jemand.

»Nur noch ein wenig«, antworte ich.

Als alle weg sind, setze ich mich wieder auf meine Picknickdecke. Bilder des vergangenen Nachmittags steigen in mir auf. Die frische Erinnerung bringt mich zum Lächeln. Entfernt höre ich die Autos auf der Straße rauschen. Ein Mann mit einem Hund läuft am Flussufer vorbei. Die beiden beachten mich nicht. Ich ziehe die Knie heran, umarme sie und drücke sie an meinen Oberkörper. Meine Haut kräuselt sich wohlig unter meiner Berührung und es rieselt in meiner Brust. Die Schatten auf dem Wasser sind verschwunden, fast schon bleigrau fließt es jetzt.

Ich ziehe mein Kleid aus, öffne den BH. In der Unterhose sitze ich da. Ich ziehe noch einmal meine Beine an mich, lege eine Wange auf die Knie. Ich wiege mich sanft hin und her und schaue dem Wasser zu, wie es immer weiterzieht.

Ich stehe auf, streife meine Unterhose ab und gehe ans Ufer. Ich mache keine Pause, jeder Schritt folgt auf den vorangegangenen. In einem Zug wate ich ins Wasser, bis es meinen Bauchnabel bedeckt. Ich löse die Füße vom sandigen Untergrund, stoße mich ein klein wenig ab. Ich tauche vollständig in den Fluss.

Arno fröstelt leicht.

»Das wird sie lehren«, flüstert er. »Damit ist es jetzt vorbei, für immer!« Er ballt seine Hände zu Fäusten, denkt an seinen Vater, an seine Mutter. Langsam fährt er mit der Zunge über seine aufgesprungene Lippe, knabbert ein bisschen eingetrocknetes Blut davon ab. Vorsichtig berührt er mit den Fingerspitzen die Schwellung am Auge. Sie pulsiert und fühlt sich heiß an.

Er trägt die leichte Stoffhose, die ihm Frieda genäht hat. Beim Raufklettern hat er sich das Hemd an einem Zweig zerrissen. Arno hockt auf einem dicken Ast und schaut über die Wiese, sieht am Rand ganz klein das Wirtshaus. Die Dunkelheit kündigt sich erst an. Arno merkt, wie seine Augen sich an die Veränderung des Lichts gewöhnen, sich immer wieder schärfen. Jetzt geht das Licht im Wirtshaus an, zuerst unten in der Gaststube. In Friedas Zimmer geht es kurz an und gleich wieder aus. Arnos Arme schmerzen vom Festhalten an dem Ast über ihm, ein Astloch macht ihm das Sitzen unbequem. Wenn er sich anlehnt am Stamm, spürt er jeden einzelnen blauen Fleck auf seinem Rücken.

Jetzt geht es schnell. Die Dunkelheit überfällt die Wiese mitsamt dem Baum, auf den er geklettert ist. Im Wirtshaus leuchtet es jetzt aus allen Fenstern. Arno löst die Hände von dem Ast. Er hat die Position schon mehrmals gewechselt. Er klettert etwas weiter nach oben, dann wieder etwas weiter runter. Er findet eine bessere Stelle. Er setzt sich auf einen mächtigen Ast, ein Bein auf jeder Seite. Unter dem Ast verschlingt er seine Waden und Füße ineinander, damit sie nicht in der Luft baumeln. So ist es bequemer. Etwas sticht in seine Schultern. Etwas fällt in den Ausschnitt seines Hemdes, den Nacken hinab. Es kitzelt. Arno beißt die Zähne zusammen. Wenn nicht alles so schnell gegangen wäre, hätte er bestimmt daran gedacht, etwas zu essen mitzunehmen.

Die Mutter ist ihm ein paar Meter nachgelaufen, hat seinen Namen gerufen, dann gebrüllt. Dann hat sein Vater den Namen der Mutter gerufen. Wütend und laut. Dann wurde es still und Arno hat nur das rhythmische Klopfen seiner eigenen Schritte auf dem Boden gehört.

Arno zittert und reibt seine nackten Arme mit den Händen. Sein Magen knurrt.

»Lieber erfrier ich«, murmelt er.

Er denkt an das Gulasch, stellt sich Friedas Stimme vor, wie sie ihm die Geschichte vom mutigen Krieger in einem anderen Land vorliest. Eigentlich liest sie die Geschichte nicht vor, sie erzählt sie ihm. Schon unzählige Male hat sie die Geschichte gelesen, dann immer freier erzählt und ausgeschmückt. Jetzt kann sie unzählige Versionen davon frei erzählen. Arno ist überzeugt, dass die Mutter jeden Moment unter dem Baum steht und ihn nach Hause holt. Er wird erst mitgehen, wenn er ihr das Versprechen abgerungen hat. Sie muss es sagen, muss es ihm versprechen.

»Arno, Arno«, flüstert es.

Er sieht nichts. Die Blätter rascheln um ihn herum, der Wind fährt durch sie hindurch, unter sein Hemd. Seine Lippen beben unkontrolliert.

»Psst, Arno. Bitte, komm runter!« Unter dem Baum steht Frieda. Er schüttelt den Kopf.

»Ich bleibe hier.«

»Du wirst erfrieren, mach keinen Unsinn. Ein depperter Unsinn ist das! Komm sofort runter!«

»Hat dich die Mutti geschickt?«

»Nein, sie weiß nicht, dass ich hier bin. Sie weiß ja nicht einmal, wo du bist. Komm jetzt heim. Ich les dir auch was vor. Es gibt noch Reste vom Abendessen. Bitte Arno, sei vernünftig!«

Er schüttelt wieder den Kopf.

»Vati wird dich noch erschlagen! Wenn du morgen früh nicht am Frühstückstisch sitzt, dann …«

Arno kann sie nicht zurückhalten, die Tränen rinnen unkontrolliert über seine Wangen, er schluchzt und bekommt fast keine Luft.

»Eben drum! Geh heim, Frieda. Und wenn er mich mit seiner Büchse vom Baum herunterschießt, ich bleibe hier.«

»Kruzifix, du sturer Esel!« Frieda tritt mit dem Fuß gegen den Baumstamm. Dann ist sie plötzlich in der Dunkelheit verschwunden. Arno sieht weit und breit kein Licht mehr. Es gelingt ihm nach ein paar Momenten, seinen Atem unter Kontrolle zu bringen. Erschöpft fällt ihm bald das Kinn auf die Brust und er dämmert weg.

Ich bin vierunddreißig Jahre alt und streife durch die Straßen des Quartiers, in dem ich aufgewachsen bin. Die Katze folgt mir bis ans Ende der Straße. Dort setzt sie sich hin, schaut mich erwartungsvoll an. Ich versuche sie zu locken.

»Ztztztzt, komm, komm noch ein Stück mit mir mit.«

Ich lege meine ganze Überredungskunst in die Wörter. Die Katze senkt den Kopf, leckt ihre linke Pfote. Ich überquere die Straße. Auf der anderen Seite drehe ich mich nach ihr um.

»Komm, micz, miez, begleite mich doch noch.«

Die Katze stellt die Pfote wieder auf den Boden, hebt ihren Kopf. Sie spitzt die Ohren. Dann steht sie auf, stolziert mit aufgerichtetem Schwanz zurück zum Haus meiner Eltern. Wenige Schritte später stehe ich schon vor dem Haus, wo ich einmal in den Kindergarten gegangen bin. Zuerst erkenne ich es kaum. Ich frage mich, ob es umgebaut wurde. Es erscheint mir aber absurd, dass ein Haus verkleinert wird. Außerdem sieht der Eingang noch gleich aus. Die gelben Balken um die Tür sind mit weißen Verschnörkelungen versehen. Ein großes Schild aus Plexiglas prangt neben dem Eingang. »Städtischer Kindergarten« steht darauf, daneben das Logo der Stadt.

Ich spähe zum Fenster rein. Eine Reihe Haken auf Bauchnabelhöhe ist an der Wand befestigt, über jedem Haken klebt eine kleine, farbige Zeichnung von einem Tier.

Ich gehe weiter die Straße entlang, tiefer ins Quartier hinein. Überall hier ist jetzt eine verkehrsberuhigte Zone und Bodenwellen im Abstand von wenigen Metern sollen den Verkehr zusätzlich abbremsen.

Vom Kindergarten zur Schule sind es auch nur wenige Minuten zu Fuß. Ich gehe um das Gebäude herum, betrete die Wiese dahinter. Es gibt jetzt bunte Kletterstangen, Trampoline und eine Weitsprungbahn. Ich setze mich auf eine Schaukel. Auf der anderen Seite der Wiese räumt eine Familie ihre Decken zusammen. Die Eltern verstauen alles in großen Taschen. Die zwei Kinder balgen sich und lachen.

Ich schaukle einige Male vor und zurück und springe am höchsten Punkt ab. Dann schlage ich den direkten Weg zurück zum Haus meiner Eltern ein.

Meine Mutter hat die Ausziehcouch im Gästezimmer mit einem weißen Laken bezogen. Ich hänge meine Jacke hinter die Tür. Im Schrank suche ich nach einem frischen Shirt. Ich ziehe ein rotes Oberteil mit einem kleinen Kragen aus einem Stapel. Das habe ich oft getragen, als ich in die Schule ging, erinnere ich mich. Ich streife es über. Es ist viel zu kurz. Ich ziehe es wieder aus, werfe es auf die Ausziehcouch.

Im BH lege ich da. An meinem Ohr knistert es. Eine Packung meiner Lieblingskekse liegt neben dem Kopfkissen.

»Wie im Hotel.« Meine Mutter steht in der Tür und lächelt.

Ich öffne die Packung, beiße in einen Keks, biete ihr einen an.

»Es gibt gleich Abendessen.«

»Habe ich früher bauchfrei getragen, Mama?« Ich hebe das rote Shirt hoch.

Sie schüttelt den Kopf und lacht. »Das war nicht bauchfrei früher.«

Wir gehen hintereinander die Treppe runter ins Esszimmer. Mein Vater deckt den Tisch. Neben meinem Gedeck liegt ein Zettel mit einem Namen und einer Telefonnummer.

»Du könntest da mal anrufen, habe ich gedacht.« Mein Vater setzt sich auf seinen Platz. Meine Mutter schöpft Salat auf unsere Teller. Wir beginnen gleichzeitig zu essen.

»Es sind noch ein paar Stellen frei, habe ich von einem Freund erfahren, der dort arbeitet.«

Ich schlucke runter, trinke einen großen Schluck Wasser.

»Es gibt auch Teilzeitstellen und die Büros sind ganz neu.« Er schaut mich an, während er kaut.

Ich trinke mein Glas mit einem weiteren Schluck leer. Dann tupfe ich die Salatsauce mit einem Stück Brot auf, bis nichts mehr davon im Teller übrig ist.

»Ich fahre nächste Woche zurück nach Wien.«

»Schon nächste Woche?«

Ich nicke.

»Ruf ihn doch einfach mal an. Vielleicht ist es besser, als du glaubst?«

Ich schiebe den Zettel in meine Hosentasche.

»Sollen wir morgen eine Wanderung machen, auf den Chäserugg zum Beispiel? Unter der Woche sind nicht viele Leute da.«

Ich nicke und lächle meine Eltern an.

Ich lege mich angezogen auf die Ausziehcouch. Als ich meine Hose abstreife, fällt der Zettel raus. Ich hebe ihn auf und zerknülle ihn. Im Haus ist es still. Ich gehe ins Bad, stelle mich vor die Kloschüssel, öffne meine Faust. Langsam fließt das Blut zurück in meine Finger. Ich zerreiße den Zettel in kleine Schnipsel und lasse sie in die Schüssel fallen. Die Zahlen lösen sich auf. Ich spüle.

Ich bin sechsunddreißig und heiser vom Schreien. Ich schreie immer weiter. Stöhnen und Weinen kommen unkontrolliert aus mir heraus. Mein Unterleib fühlt sich wund an. Die Ärztin sagt, das Köpfchen sei gleich da.

Der Vater des Kindes hat Schweißtropfen auf der Stirn und quetscht meine Hand. Ich schreie wieder. Er ruft: »Das machen wir kein zweites Mal, versprich es mir. Ich schaffe das kein zweites Mal!« Er wird blass. Die Ärztin schickt ihn raus. Er verpasst den Rest der Geburt.

Ich sehe das nackte, verschmierte Baby in den Händen der Ärztin liegen. Zwischen meinen Beinen spüre ich die Nabelschnur, sie klebt an meinem Oberschenkel. Ich weiß nicht, welches Geschlecht mein Baby hat. Es soll weggebracht werden, bitte ich, ich will es nicht sehen. Ich denke: Ich habe es geschafft.

»Und jetzt noch die Nachgeburt«, sagt die Ärztin und untersucht sie sehr genau. Sie ist vollständig.

Ich werde ohne das Baby auf mein Zimmer gebracht und schlafe zwei Tage.

Von meinem Bett aus kann ich die Blumen sehen, die meine Zimmernachbarin bekommen hat. Sie hat sehr oft Besuch. Der Besuch jauchzt jedes Mal, wenn ihr Junge die Augen öffnet oder gähnt. Die Wöchnerinnen bekommen alle die gleichen Mahlzeiten und zur Entlassung eine Broschüre. Auf der Titelseite prangt das Foto von einem Mann und einer Frau, die ihr Baby in den Armen trägt. Sie lachen und sind glücklich. Darüber tanzen Buchstaben den Schriftzug »Herzlichen Glückwunsch«. Von meinem Bett aus winke ich meiner Zimmernachbarin zum Abschied kraftlos zu. Ich atme auf, als sich die Tür hinter ihr schließt.

Ich ziehe meinen Pyjama aus und liege eine Weile mit nacktem Oberkörper unter der Krankenhausdecke. Ich befühle meinen Bauch, der noch immer sehr rund ist.

Eine Pflegefachfrau betritt das Zimmer mit meinem Baby im Arm. Sie hebt meine Decke an und hält kurz inne, als sie sieht, dass ich nackt bin. Sie zuckt mit den Schultern und legt das Baby auf meinen Bauch.

Es riecht so gut. Es ist winzig. Es ist schon drei Tage alt. Es ist sauber und weich. Es reckt seinen Kopf zu meiner Brustwarze und spitzt die Lippen. Ich bewege mich nicht. Die Mundwinkel verziehen sich nach unten. Das Baby wimmert. Ich lege eine Hand auf seinen Po und schlinge den anderen Arm um meinen Körper, über meine Brüste. Vorsichtig rutsche ich im Bett etwas hoch, bis ich sitze. Mein Baby liegt weinend auf meinem nackten Bauch. Ich löse den Arm von meinen Brüsten und streiche ihm mit meinem Daumen über die Schläfe. Dort wächst ein feiner, dunkler Flaum. Ich streichle mit dem Daumen über seine Lippen. Das Baby öffnet den Mund und saugt an meinem Finger. Mein Hals fühlt sich eng an. Ich hebe das Bündel sehr langsam ein Stück hoch und führe sein Gesicht an meine Brust. Die Lippen finden sofort meine Brustwarze.

»Wissen Sie schon, wie Ihre Tochter heißen soll?« Die Pflegefachfrau schaut mich aufmunternd an.

Das Baby saugt gierig. Ich verziehe mein Gesicht.

»Es tut weh«, sage ich. »Es ist mir unangenehm. Es ist zu nah.«

Die Pflegefachfrau legt den Kopf schief und betrachtet mein Baby. Es saugt und saugt, saugt die Milch und alles aus mir raus, denke ich. Ich entziehe ihm die Brust. Es beginnt zu weinen. Ich beginne zu weinen.

»Sie können auch mit dem Fläschchen weitermachen«, sagt die Pflegefachfrau.

Sie nimmt das Baby wieder mit. Ich habe mir keinen Namen ausgedacht. Ich bin so froh, dass es ein Mädchen ist.

Ich stehe vor der Haustür meiner Eltern und klingle in kurzen Abständen. Ich höre Geräusche. Ich drücke die Klinke mehrmals nach unten. Meine Tochter sitzt in der Bauchtrage, ich spüre ihre Unruhe. Mein Koffer steht noch in der Einfahrt, wo ihn der Taxifahrer hingestellt hat.

Isa hat seit Tagen nicht mehr als ein paar Stunden am Stück geschlafen und ich auch nicht. Wenn sie wach ist, weint sie und ich auch. Meine Sicht verschwimmt immer wieder und ich habe stechende Schmerzen in der rechten Schläfe. Mein Pulli ist schmutzig: Flecke von selbst gemachtem Brei und Brei, den sie ausgespuckt hat, Muttermilchflecke, aus meinen Brüsten durch den Stoff gesickert, weiße Schlieren von Rotz und Tränen auf meinen Schultern, auf meinen Ärmeln mein eigener Rotz, meine eigenen Tränen. Ich nehme meinen schlechten Geruch wahr. Isa riecht immer gut. Ich säubere sie, sie bekommt frische Windeln, auch wenn es nicht nötig ist, ich creme ihren Po ein und pudere sie. Sie hat einen feinen Flaum auf dem Kopf, den ich mit einer weichen Bürste streichle. Sie mag das, dann wird sie kurz ganz still, hält inne. Ich schaue in das runzlige Gesicht meiner Tochter. Es sieht aus wie das Gesicht eines Greises.

Endlich steht mein Vater innen an der Haustür und nestelt mit dem Schlüssel im Schloss. Die Tür springt auf.

»Kommt rein, kommt rein, du hast doch einen Schlüssel.«

»Vergessen«, presse ich hervor.

Isa beginnt zu weinen. Ich löse die Verschlüsse der Bauchtrage und gehe mit ihr auf dem Arm die Treppe hoch ins Wohnzimmer. Mein Vater geht voran. In der Küche stellt er die Kaffeemaschine an, die sofort Kaffeebohnen zu mahlen beginnt. Ich nehme auf dem Sofa Platz, lege Isa neben mich und schaue ihr beim Weinen zu.

»Deine Mutter kommt am Abend, dann hilft sie dir!«, ruft mein Vater aus der Küche. Einen Moment später kommt er mit zwei Tassen Kaffee und einem Teller Kuchen zurück. Er setzt sich auf das gegenüberliegende Sofa. Ich will nach meinem Kaffee greifen, da heult Isa noch lauter auf. Ihr Greisengesicht ist rot und hässlich verzerrt. Ich nehme sie hoch, drücke sie an meinen Körper und wiege sie. Sie beruhigt sich nicht.

Mein Vater stellt seine Tasse auf dem Salontisch ab und steht auf. Er streckt mir die Arme entgegen, bedeutet mir, sie ihm zu geben. Er hebt Isa auf Augenhöhe, schneidet eine Grimasse.

»Papa, sie ist noch ein Baby, sie findet das nicht lustig.« Ich muss selbst lachen.

Mein Vater wiegt meine Tochter noch ein wenig in der Luft vor sich hin und her. Plötzlich ist es still. Isa ist ganz still.

»Na sag mal. Was musstest du uns denn so dringend erzählen?«, sagt er mit leiser und liebevoller Stimme zu meiner Tochter. So zärtlich und leise habe ich ihn noch nie sprechen hören.

Ich rolle mich auf dem Sofa zusammen und schlafe sofort ein. Ich spüre noch, wie mein Vater mit einer Hand eine Decke über mich breitet, Isa auf dem anderen Arm. Meine Tochter schmatzt und mein Vater summt.

Von Herzen danke ich
meinen Eltern
meinen Brüdern
Gerhild Steinbuch
Andrea, Daniela, Felicitas, Franziska, Katharina, Sandro, Tina
Marilies Jagsch und Senta Wagner

Literatur bei Kremayr & Scheriau

kremayr scheriau

JESSICA LIND
MAMA

Mutter, Vater, Kind, eine geheimnisvolle Lichtung im Wald. Eine Parabel über die Urgewalt der Mutterschaft.

192 Seiten | 978-3-218-01280-5 | € 20,–

IRIS BLAUENSTEINER
ATEMHAUT

QR-Codes Inklusive Soundtrack im Buch

Was ist der Mensch noch wert, wenn Maschinen seine Arbeit übernehmen? Kurz vor der Jahrtausendwende wird Edin unerwartet gekündigt und ein multisensorischer Trip durch imaginäre Welten beginnt.

160 Seiten | 978-3-218-01279-9 | € 20,–

MIX
Papier aus verantwortungsvollen Quellen
FSC® C014138

www.kremayr-scheriau.at

ISBN 978-3-218-01329-1

Schutzumschlaggestaltung: Christine Fischer
Unter Verwendung einer Grafik von shutterstock.com/fresscomovie_441833500
Lektorat: Senta Wagner
Satz und typografische Gestaltung: Ekke Wolf, typic.at
Druck und Bindung: Finidr, s.r.o., Czech Republic

Gedruckt mit freundlicher Unterstützung durch
die Kulturabteilung der Stadt Wien und ThurKultur.

Stadt Wien ThurKultur

Literatur bei Kremayr & Scheriau

JESSICA LIND
MAMA

Mutter, Vater, Kind, eine geheimnisvolle Lichtung im Wald. Eine Parabel über die Urgewalt der Mutterschaft.

192 Seiten | 978-3-218-01280-5 | € 20,–

IRIS BLAUENSTEINER
ATEMHAUT

QR-Codes
Inklusive Soundtrack
im Buch

Was ist der Mensch noch wert, wenn Maschinen seine Arbeit übernehmen? Kurz vor der Jahrtausendwende wird Edin unerwartet gekündigt und ein multisensorischer Trip durch imaginäre Welten beginnt.

160 Seiten | 978-3-218-01279-9 | € 20,–

MIX
Papier aus verantwortungsvollen Quellen
FSC® C014138
www.fsc.org

www.kremayr-scheriau.at

ISBN 978-3-218-01329-1

Schutzumschlaggestaltung: Christine Fischer
Unter Verwendung einer Grafik von shutterstock.com/frescomovie_441833500
Lektorat: Senta Wagner
Satz und typografische Gestaltung: Ekke Wolf, typic.at
Druck und Bindung: Finidr, s.r.o., Czech Republic

Gedruckt mit freundlicher Unterstützung durch
die Kulturabteilung der Stadt Wien und ThurKultur.

Stadt Wien ThurKultur